「なんだその顔。お前、妖精族を知らないのか？」
パティ・ファルルゥ
幻の種族、「妖精族」の女の子。川で溺れたシロウを助ける。
「妖精族って……ええっ!?あの妖精っ？」

「俺の故郷のお酒を――
みなさんにご馳走したいと思います！」

「うおおおおおおおおおおおおお――ッッ！！！！！」

「いったいなんの騒ぎかしら」
バタンと音を立てて奥の扉が開かれた。
予期せぬ上司の急接近に
エミーユさんが慌てふためき、
あろうことかテーブルの下に身を隠そうとして——
ずっこける。
ネイ・ミラジュ
大手ギルド
「妖精の祝福」
ニノリッチ支部の
ギルドマスター

Anytime I can! いつでも自宅に帰れる俺は、異世界で行商人をはじめました

vol.2

霜月緋色

Hiiro_shimotsuki

ill. いわさきたかし

口絵・本文イラスト　いわさきたかし

CONTENTS

前巻のあらすじ

以前までの俺こと、尼田士郎《あまたしろう》がどんな人間かを簡単に伝えるとしたら、きっとこう言ったことだろう。

――ブラック企業で酷使されていた元社畜、と。

これほどわかりやすい自己紹介はないと思う。

しかし、人生の転機は突然訪れた。

上司のパワハラにプッツンして退職した俺は、ばーちゃんが残した一軒家へと引っ越した。

七年前に行方不明になったばーちゃんとの、思い出が詰まった家。

荷解きをはじめ、荷物を片付けるべく仏間の押入を開けると――

「めっちゃ異世界なんですけど」

驚いたことに、ばーちゃんの家は異世界へ繋がっていたのだ。
ばーちゃんは事あるごとによく言っていたっけ。
可愛い孫（俺のことね）には旅をさせたい、って。
当時は、まさかその旅先が異世界になるとは思っていなかったけれどね。
かくて俺は、押入から異世界ルファルティオへと踏み出した。

ばーちゃんが残してくれた、『等価《とうか》交換《こうかん》』と『空間収納《くうかんしゅうのう》』のスキル。
この二つのスキルを使い、俺は異世界の町で商売をはじめる。
異世界で日本の商品を販売し、おカネを稼ぐ。
気づけば腕利き商人と呼ばれるようになり、自分の店を持つまでになっていた。
異世界での素敵な出逢いもあった。

母親想いのアイナちゃん。
美人町長のカレンさん。

冒険者ギルドのポンコツ受付嬢エミーユさん。

冒険者パーティ『蒼《あお》い閃光《せんこう》』の四人。

そして、アイナちゃんの母親であるステラさん。


いまではみんな大切な友人だ。

そんな大切な友人たちとの交流を通して、いろんなことがあった。

うっかりめちゃくちゃおカネを稼いでしまったり、潰れかけた冒険者ギルドを救済したり、ステラさんの病気を治したり。

そんな紆余曲折を経て、ばーちゃんの家と異世界を行き来する生活にも慣れたころのことだった。

俺は町長のカレンさんからとんでもない言葉——つまり、「ばーちゃんが生きている」と聞かされる。


「……ばーちゃんが生きている?」

この事実を知った俺は、異世界の夜空に吠えずにはいられなかった。

第一話　再会を願って

「ってか、ばーちゃん生きてたのかよおおおぉぉぉぉぉぉぉっ!!」

陽《ひ》の沈《しず》んだニノリッチの町に、俺《おれ》の絶叫《ぜっきょう》が響《ひび》く。

店の裏庭で、全力でばーちゃんと叫《さけ》んでいた。

ご近所さん、本当にごめんなさい。

「っ⁉　ど、どうしたシロウ！」

急に大きな声を出したもんだから、カレンさんがびっくりしてしまった。

だが俺の気持ちは収まらない。

「生きてるなら生きてるって教えてくれよなぁ!!　こっちはずっと死んだと思ってたんだからなぁぁぁぁぁぁ～～～～～～～～っ!!」

肺の空気をすべて絶叫へと変換《へんかん》した俺は、その場にぺたりと座《すわ》り込む。

心地《ここち》よい風が吹《ふ》き抜《ぬ》け、頬《ほお》を優《やさ》しく撫《な》でた。

「し、シロウ大丈夫《だいじょうぶ》か？　死んだと思っていたとはどういうことだ⁉」

「……実はですね。俺、ずっとばーちゃんが死んだと思っていたんですよ。カレンさんに教えてもらう、いまのいままでは。それで……ちょっと閉じ込めていた感情が溢《あふ》れて出てしまいました。こう、ちょろっとね」

「ふむ。差《さ》し支《つか》えなければ聞かせてもらえるか？　吐《は》き出《だ》すことで気持の整理もつくかもしれないぞ」

「お気遣《きづか》いありがとうございます。じゃあ、少しだけ愚痴《ぐち》ってもいいですかね？」

「その程度、お安い御用《ごよう》だ。少しなどと言わずにいくらでも構わんよ」

「それじゃお言葉に甘《あま》えてっと。……あれは七年前のことです。突然《とつぜん》ばーちゃんと連絡が――……」


七年前に、尼田《あまた》家に起こった事情を説明する。

ばーちゃんが前触《まえぶ》れもなく行方《ゆくえ》不明《ふめい》になったこと。

俺を含《ふく》め、家族も親戚《しんせき》もご近所さんも、みんなばーちゃんが死んだと思っていたこと。

残された家をどうするかでひと悶着《もんちゃく》あったこと。

異世界から来たことだけは隠《かく》し、それ以外を存分に愚痴らせてもらった。

「……そうだったのか。不滅《ふめつ》の魔女《まじょ》アリス――君のお祖母様《ばあさま》は、なにも告げずに姿を消したのか」

「はい。それがカレンさんの話では生きてるって言うじゃないですか。だから驚《おどろ》いてしまって。それでついつい――」

「叫んでしまったわけだな？」

「仰《おっしゃ》るとおりです。近所迷惑《めいわく》だという自覚はあったんですけどね」

「亡《な》くなっていたと思っていたお祖母様が生きていたのだ。感情が昂《たか》ぶるのも無理はない。それに……」

カレンさんは、俺の手に握《にぎ》られた瓶《びん》ビールを一瞥《いちべつ》し、

「酒も入っていることだしな」

茶化《ちゃか》すように笑った。

「変なとこ見せちゃいましたね」

「気にしなくていい。そもそもここで君が酒を飲んでいなければ、わたしもお祖母様の話をすることはなかっただろうし、なにより――」

カレンさんは瓶ビールを口元に運び、ごくりと喉《のど》を鳴らす。

「こんなにも美味《うま》い酒のご相伴《しょうばん》に与《あずか》れたのだ。今後は一人で飲まずにわたしも誘《さそ》って欲《ほ》しいぐらいだよ」

「いいんですか？　お酒の入った俺、めんどくさくありません？」

「なに、君の新たな一面が見れて楽しかったよ」

「あははは。さっきのは酒の席ということで忘れてください」

「安心していい。他の者には話さないと約束しよう」

「忘れてはくれないんですね」

「君はなかなか隙《すき》を見せてはくれないからな。これぐらいはいいだろう」

「俺なんか隙だらけですよ」

肩《かた》をすくめる俺を見て、カレンさんがくすくすと笑う。

つられて俺もあははと笑う。

ひとしきり笑ったあと、

「でも……そうか。ばーちゃん生きてるのか。そうかぁ……生きてたかぁ」

涙腺《るいせん》が緩《ゆる》むのがわかった。

俺は慌《あわ》ててカレンさんから顔を逸《そ》らす。

たぶん気づいているだろうけれど、カレンさんは知らないフリをしてくれた。

「……」

ばーちゃんが生きていた。

さて、この事実を知った俺はどうするべきだろうか？

俺は自他共に認めるおばあちゃん子だ。

会えるものならもう一度……いや、一度と言わずに二度三度とばーちゃんに会いたい。

会って、また昔みたいにアクション映画を一緒《いっしょ》に観《み》たい。

しかしばーちゃんを捜《さが》すとなると、ニノリッチから旅立たなくてはならない。

町の外は危険がいっぱいだと言う。モンスターはもちろん、他にも野盗や山賊《さんぞく》なんかも出ると言う。

正直、一人でばーちゃんを捜すのは難しい。最低でも屈強《くっきょう》な護衛を複数人雇《やと》わないといけないだろう。

「うーむ」

腕《うで》を組み考える。

異世界ルファルティオにおいて、土地勘《とちかん》ゼロの俺に果たしてばーちゃんを見つけることができるだろうか?

「うーーーむ」

悩《なや》み続ける俺を見兼《みか》ねたらしい。

カレンさんが俺の肩を叩《たた》いてきた。

「シロウ、お祖母様を捜しに行きたい気持ちはわかる。だが、もう少しニノリッチで待ってみてはどうだろうか？」

「待つ……ですか？」

「そうだ。君のお祖母様は去年の収穫祭《しゅうかくさい》に現れたのだ。なら、今年の収穫祭にも現れるかもしれないだろう？」

「……ありそう、ですね。ばーちゃんは昔から賑《にぎ》やかなのが大好きでしたから。近所の祭りなんかにも、しょっちゅう俺や妹たちを連れ出してましたし」

ばーちゃんはよく、「祭りと聞くと江戸《えど》っ子《こ》の血が騒《さわ》ぐのう」って言ってたもんな。うきうきわくわくしながら。

本当は江戸っ子どころか異世界人だったみたいだけれど。

「だろう？　去年の収穫祭に現れた君のお祖母様は、それはそれは楽しそうに踊《おど》っていたよ。だからなシロウ。きっと今年の収穫祭にも君のお祖母様は遊びに来ると思うのだ」

ばーちゃんが踊《おど》っている姿と言われても、盆踊《ぼんおど》りぐらいしか想像できない。

近所の祭りじゃ、キレッキレの盆踊りを披露《ひろう》してどよめきが起きていたっけ。

「ニノリッチの収穫祭までは、あとふた月ほどだ」

カレンさんが指を二本立てる。

「今年はこのニノリッチができて一二〇周年の節目でもある。市場にはいつも以上に露店《ろてん》が増え、街の広場にはいくつも屋台が並ぶことだろう。ニノリッチから他の町や都市に移住していった者たちも、この日ばかりは新しくできた家族を連れて遊びに来るのだよ」

「里帰りってわけですか」

「そうなるな」

日本でも、地元のお祭りに合わせて帰省する人とかいるもんね。

「それに去年の収穫祭に君のお祖母様——不滅の魔女アリスが現れた噂《うわさ》を聞きつけたからだろう。実はいくつか問い合わせが来ていてな。まあ、ほとんどは魔女アリスが来るのかという問い合わせだったが、なかには町に宿があるかというものもあった」

「おっと、それはつまり……ニノリッチに観光客が来るかもしれない、ということですか？」

「さすが商人。察しがいいな。その通りだ」

お酒の影響《えいきょう》で、ほんのりと頬を赤くしたカレンさんが頷《うなず》く。

「今年の収穫祭は町に縁《えん》のない者——観光客も数多く訪《おとず》れるかもしれない。事実、収穫祭の日に合わせ、近隣《きんりん》の町から乗合馬車がニノリッチまで出るそうだ。わたしの立場《町長》としては、否《いや》でもいままでにない規模での開催《かいさい》を強《し》いられることになってしまったよ」

やれやれと首を振《ふ》るカレンさん。

けれど言葉に反してその顔は嬉《うれ》しそうだった。

それも当然。観光客が訪れるということは、それだけ町に落ちるおカネが増えるということ。住民の収入が増えれば、町の税収も増える。

町長として喜ばしい限りなんだろう。

「今年は『妖精《ようせい》の祝福《しゅくふく》』に所属する冒険者《ぼうけんしゃ》たちもいますからねー。きっと楽しいお祭りになると思いますよ」

「だといいがな」

「なりますよ。そして住民と冒険者の距離《きょり》も縮まります」

「フフッ。不思議だな。君が言うと、なぜだかそんな気がしてきたよ」

この国最大の冒険者ギルド、妖精の祝福。

その支部がニノリッチに置かれたことで、町には多くの冒険者たちが移住してきた。

でも急に増えすぎたものだから、住民との間に距離が生まれていたのだ。

冒険者はいわば荒事《あらごと》のエキスパート。

俺は商売ということもあって慣れたけれど、住民の立場からすれば未《いま》だ近寄りがたい存在なのかもしれないな。

「私の先祖がこの地に村を作り、今年で一二〇年。その一二〇年の歴史でニノリッチは村から町へと発展した。わたしも先祖に負けてはいられない。今年の収穫祭を機に、ニノリッチをより大きくしてみせるつもりだ」

「その意気です。微力《びりょく》ながら俺もお手伝いさせてもらいますよ」

「いいのか？」

「お祭り好きは、ばーちゃんだけじゃありませんからね」

「……では、その、収穫祭まではこの町にいてくれると受け取っていいのだろうか？」

カレンさんが確かめるように訊《き》いてくる。

俺は「ええ」と答え、頷いた。

「ばーちゃんが遊びに来そうですからねー」

「っ……。あ、ああ！　きっと君のお祖母様は現れるさ！　も、もし現れなくとも、捜すのはそれからでも遅《おそ》くないと思うぞ！」

一息にそう言ったあと、カレンさんは困ったように微笑《ほほえ》む。

「それと……君が町からいなくなるのは寂《さび》しい。もし町を出るとしても、出る前に声をかけてくれよ？」

「そのときは挨拶《あいさつ》に伺《うかが》いますよ。どこかのばーちゃんみたく、なにも言わずにいなくならないので安心してください」

「約束だからな」

「はい」

「よ、よし。約束もしたことだし、君とは今後も収穫祭について話し合わねばならないな」

「ですね。俺、お祭りには熱いこだわりがある男なんで、ニノリッチの収穫祭を盛り上げるためなら協力は惜《お》しみませんよ」

「わたしも君も昼間は仕事がある。となると話し合いはいまのように夜だけとなるが、構わないか？」

カレンさんが訊いてくる。

俺は新しい瓶ビールを渡《わた》してから答えた。

「コイツをキンキンに冷やして待ってますよ！」

「嬉しいお誘いだが、収穫祭に向けた話し合いは酒抜きだからな」

「あ……ですよね」

カレンさんがきりっとした顔で言う。

仕事とプライベートはきっちりと分けるみたいだ。残念。

「わかりました。代わりにお茶を用意しておきます」

「そうしてもらえると助かる。だがいまは、素直《すなお》にコレをいただくこととしよう」

カレンさんはそう言うと、瓶ビールを軽く振る。

「収穫祭、盛り上げましょうね！」

「ああ！」

俺とカレンさんは瓶ビールをカツンとぶつけ、収穫祭を盛り上げることを誓《ちか》い合うのだった。

第二話　ニノリッチでの日々

翌朝、俺はばーちゃん家の仏間にいた。

「まさか、ばーちゃんが生きてたとはねぇ」

花を挿《さ》したばかりの花瓶《かびん》を仏壇《ぶつだん》の脇《わき》に置く。

「ばーちゃん、生きてるんなら生きてるって言ってくれよな。てか、会いに来てくれよな。まったく、あのとき俺が流した涙《なみだ》はなんだったんだってなるじゃんよ」

昨日まで遺影《いえい》と呼んでいた写真では、今日もばーちゃんが呆《あき》れるほどの笑顔《えがお》でダブルピースしていた。

「人の気も知らないでダブルピースしちゃってさ。親父《おやじ》に説明……はないか。押《お》し入《い》れのことをなんて説明したらいいかわからないし、そもそもばーちゃんの居所がわかったわけじゃないもんな」

異世界ルファルティオが地球と同サイズだとしたら、地球のどこかにいる人を捜すようなもの。

ニノリッチ以外なにも知らない俺にとって、森で落ち葉を捜すより難易度が高いことは間違《まちが》いない。

そんなことは、よほどの富豪《ふごう》じゃないとできないだろう。

いくらかは稼《かせ》いできたつもりだけど、所詮《しょせん》は個人レベル。異世界全土に亘《わた》る大規模な捜索《そうさく》ができるほどの資金には遠く及《およ》ばない。

現状、唯一《ゆいいつ》の希望は収穫祭だ。

「ばーちゃん、収穫祭に来るって信じてるからな」

件《くだん》の収穫祭まで、約二ヵ月。

ただ待つとなると長く感じただろうけれど、俺はカレンさんと約束したのだ。

収穫祭の手伝いをすると。

「収穫祭かー。お祭りなら、やっぱ俺も屋台とか出してみたいよね。食べ物の屋台は他が出すだろうし、どうせなら俺にしかできないような屋台をやりたいな」

俺はあごに手をやり考える。

幸い、資金は潤沢《じゅんたく》にある。

そこそこおカネのかかる屋台を出すことも可能だ。

問題は、どんな屋台を出すかだな。

――金魚すくい？

ないない。

そもそも金魚押し付《つ》けられても飼えなくて困っちゃうでしょ。

――射的屋？

却下《きやつか》。絶対弓矢を持ち出す人が出てくる。

あと投げナイフとか。

――インチキ紐《ひも》引きくじ？

インチキだからダメ。

「あとは………あれ？　食べ物以外となると、意外に難しい？」

りんご飴《あめ》、お好み焼き、ジャガバター、フランクフルト……思《おも》い浮《う》かぶのはどれも食べ物の屋台ばかり。

でも飲食の屋台は、他の商人の稼ぎを奪《うば》ってしまうことになる。

例えば、俺がニノリッチではじめて買い物をした、串《くし》焼き屋《や》のおっちゃんとかね。

「待て待て。飲食以外にもきっとなにかあるはずだ。思いだせ士郎《しろう》。子供のころの記《き》憶《おく》を掘《ほ》り返《かえ》すんだ」

お祭りの記憶には、必ずと言っていいほどばーちゃんがいた。

記憶を手繰《たぐ》りながら、ばーちゃんの写真を眺《なが》める。

写真……写真……写真――っ⁉

「そうか写真か！」

思い出はいつだってプライスレス。

お祭りの思い出を写真に収め持ち帰れるとしたら、行列ができるほど人気が出るのではないだろうか？

なにより他の屋台との競合もない。

「うん。これ、めっちゃいい思いつきなんじゃないか？」

◇◆◇◆◇

「シロウお兄ちゃん、それなぁに？」

ここはニノリッチにある俺の店。

本日の営業を終え、店を閉めたタイミングでのことだった。

アイナちゃんが俺の胸元《むなもと》、より正確にはみぞおちの辺りにぶら下がったモノを指さして訊いてくる。

「よくぞ訊いてくれたアイナちゃん。これは『カメラ』という素敵《すてき》なアイテムでね、新しい商売に使おうと思って用意したんだよ」

秋葉原の家電量販店《りょうはんてん》で購入《こうにゅう》した、ミラーレス一眼《いちがん》カメラ。

最初は入門機としてお手軽なカメラを買おうとしたんだけど、懐《ふところ》の温かさと店員さんのセールストークにまんまとハマり、気づけばお手軽価格から桁《けた》が一つ増えた機種を購入していた。

それも、レンズと携帯型《けいたいがた》プリンター付きで。

このことを『カメラ女子』を自称《じしょう》する大学生の妹に話したら、「買う方も買う方なら、売る方も売る方よ！」と、店員さんとセットで怒《おこ》られてしまった。

妹曰《いわ》く、初心者が手を出していいような機種ではなかったらしい。

だが俺に後悔《こうかい》はない。だって、これからこのカメラで地球とは違《ちが》う世界の人々や景色を写真に収めることができるんだからね。

それに、このカメラが俺に新たな富を運んでくれるかもしれないのだ。

「かめら？」

「うん、カメラ」

「なににつかうの？」

「説明するよりやってみせた方が早いかな。アイナちゃん、こっち見てもらっていい？」

「え？　う、うん」

きょとんとするアイナちゃんにカメラを向け、パシャリ。

撮《と》った画像を携帯型プリンターへ送る。

「はいアイナちゃん、これを見てごらん」

プリントアウトした写真をアイナちゃんに渡す。

意味がわからず、きょとんとしていたアイナちゃんだけれど、

「ん……え？　こ、これアイナ？」

写真を見た瞬間《しゅんかん》、その顔が驚きでいっぱいになった。

「え？　え？　どうしてアイナがここにいるの？　アイナちっちゃくなってとじこめられちゃったの？」

と戸惑《とまど》い気味にアイナちゃん。渡した写真を振ってみたり、裏側を覗《のぞ》いてみたりしているぞ。

なんて新鮮《しんせん》なリアクションなんだ。

「驚いた？　このカメラはね、人や景色を一瞬《いっしゅん》で絵にすることができるアイテムなんだ」

「絵に？」

「それも精巧《せいこう》な絵にね。ほら、この写真——絵を見て。まるでアイナちゃんがここにいるみたいでしょ？」

「アイナ、こんなすごいのはじめてみた。このかめらは『まじっくあいてむ《道具》』なの？」

マジックアイテムとは、魔力《まりょく》を動力として動くこの世界のアイテムのことだ。

うちの店は冒険者のお客が多いし、なんなら市場の他の店でマジックアイテムが売っていたりする。

アイナちゃんにとって、未知の道具はすべてマジックアイテムに分類されるのだろう。

「ある意味マジックアイテムみたいなものかな。俺も詳《くわ》しい仕組みはよくわからないし、知ってるのは使い方だけなんだよね」

「ふーん。あ、ここにもアイナがいる！　シロウお兄ちゃん、ここ！　ここにもアイナがいるのっ」

アイナちゃんがカメラの背面モニターを指さす。

さっきまでとは違い、興味津々《きょうみしんしん》って顔をしていた。

「いい機会だから何枚か撮ってみようか？　アイナちゃん、笑ってみて」

「うん。……こう？」

恥《は》ずかしそうに笑うアイナちゃん。

俺は写真をパシャリ。ポーズをとってもらってまたパシャリ。

店の前に立ってもらってこれまたパシャリ。

「凄《すご》いな。カメラが良い物だとここまできれいに撮れるのか。それとも俺の腕がいいのか？　もしくは被写体《ひしゃたい》がいいから？」

「すごいすごい！　アイナが絵のなかにいる！」

プリントアウトされた写真を見て、アイナちゃんは大興奮。

この反応を見るに、写真を売る屋台をはじめたらひと儲《もう》けできそうだ。なんなら明日からはじめてもいいかもしれない。

日本でも、家族写真や学校での集合写真はプロのカメラマンを呼んで撮影《さつえい》したりするしね。

となれば、俺もおカネを取れるぐらいには写真の腕を上げておかないとだな。いっぱい練習しとこっと。

二人で画像を確認《かくにん》して、次は俺が撮られる番となった。

「シロウお兄ちゃん、ここを押せばいいの？」

「そうだよ。やってみて」

「ん！」

――カシャ。

「どう？　撮れた？」

「えとねぇ……あ！　とれたっ。とれたよシロウ兄ちゃん！」

アイナちゃんが弾《はず》んだ声を出す。

近づいてモニターを確認する。

「ね、とれたでしょ」

得意げな顔でアイナちゃんが言う。

「……そ、そうだね」

そこには、ブレにブレたダブルピースする俺の姿が写っていたのでした。

◇◆◇◆◇

二人で撮影会《さつえいかい》を楽しんでいると、アイナちゃんのお母さん――ステラさんが店にやってきた。

仕事を終えたアイナちゃんを迎《むか》えにきたのだろう。

「シロウさん、今日もアイナがお世話になりました」

「なんのなんの。俺の方こそアイナちゃんに頼《たよ》りっぱなしでしたよ」

「おかーさん今日もね、お店にいっぱいいっぱい、いーーーっぱいお客さんきたんだよ」

「繁盛《はんじょう》してるのね。さすがシロウさんのお店だわ。アイナもがんばったわね」

「うん！」

「シロウさんもお疲《つか》れさまでした」

「いえいえ。ステラさんこそお迎えご苦労さまです。新しい家はどうです？　引越《ひっこ》しの疲れとか残ってません？」

町外れに住んでいたアイナちゃんとステラさんは、店の近くに引越してきた。

店から歩いて一〇分ほどのところで、たまたま借り手を募集《ぼしゅう》していた一軒家《いっけんや》を発見。

俺はその家を社宅として借り上げ、アイナちゃんとステラさん母娘《おやこ》に住んでもらうことにしたのだ。

最初は申し訳ないからと断っていたステラさんだけれど、「これもアイナちゃんの安全のためです！」と強引《ごういん》に説得し、先週やっと引越してきてくれたのだった。

「シロウさんがお手伝いしてくれたので疲れてなんかいませんよ」

「そう言ってもらえると手伝ったかいがありますね。部屋は片付きました？」

「ええと、それは……」

そう訊くと、ステラさんの目が泳ぎはじめた。

「シロウお兄ちゃん聞いて。おかーさんね、お片づけがへたっちょなんだよ」

「え？　ステラさんが？　うそでしょ？」

「ううん。ほんとなの」

「お恥ずかしい限りです……」

ステラさんは顔を赤くし、がっくりとうなだれる。

「もう、アイナったら。シロウさんには言わないでって言ったのに……」

ステラさんは恥ずかしそうにブツブツと。

「だからアイナね、お家にかえってもお片づけしないといけないの」

「そ、そうなんだ。もし俺の手が必要だったら言ってね」

「ありがとうシロウお兄ちゃん。でも……シロウお兄ちゃんもお片づけがへたっちょだからなぁ」

「お恥ずかしい限りです……」

ステラさんに続いて、俺もがっくりとうなだれる。

店のお掃除《そうじ》担当大臣にこう言われてしまっては、反論の余地もない。

毎日、店がきれいに掃除され、商品が整理《せいり》整頓《せいとん》されているのはすべてアイナちゃんのおかげ。

片づけが得意なアイナちゃんが俺の店で一日中働いているから、未だに引越しの片づけが終わっていないんだろうな。

ここは数日休みをあげるべきだろうか？

そんなことを考えつつも、俺とステラさんは肩を落とし、ぐうの音も出ないほど落ち込んでしまうのでした。


「アイナお家のお片づけあるから、シロウお兄ちゃんまたあしたね」

「シロウさん、失礼させてもらいますね」

「うん。今日もありがとう。また明日もよろしく。ステラさん、気をつけて帰ってくださいね」

「うん！」

「はい」

アイナちゃんはステラさんと手を繋《つな》ぎ、何度もこちらを振り返っては「じゃあねー」とか「またねー」と、路地を曲がるまで手を振っていた。

第三話　妖精の祝福

店を閉めた俺は、その足で冒険者ギルドへ向かった。

冒険者ギルド『妖精《ようせい》の祝福《しゅくふく》』、ニノリッチ支部。

ニノリッチの町にある唯一の冒険者ギルドで、この国で一番の規模と勢いのある冒険者ギルドだ。

といっても、妖精の祝福として本格的に活動がはじまってまだ二ヵ月も経《た》ってないんだけどね。

もともとニノリッチにあったポンコツ冒険者ギルド『銀月《ぎんげつ》』が、妖精の祝福に好条件で吸収合併《がっぺい》され、いまの形となった。

これもすべて、ニノリッチの東に広がる大森林を攻略《こうりゃく》――より正確には、大森林のどこかにある古代《こだい》魔法文明《まほうぶんめい》時代の遺跡《いせき》を探しだし、遺跡に眠《ねむ》る財宝を見つけるためだという。

「こんにちはー」

冒険者ギルドの扉《とびら》を開ける。

はじめてこの扉を開けたときはギルドに誰《だれ》もいなくて、エミーユさんのすすり泣く声だけが響《ひび》いていたっけ。

だけどいまは――

「北東の探索《たんさく》を終えてきたぜっ。ま、残念ながらあっちにゃ遺跡らしきものはなかったけどな！」

「南東を探《さぐ》ってきたわ。どこまで進んでも森ばかりよ。念のため遭遇《そうぐう》したモンスターの情報をまとめておいたわ。コレよ」

「フォレストウルフとポイズンサーペントを狩《か》ってきた。素材の買い取りを頼《たの》む」

「東へ三日進ンダ所デ川ヲ見ツケタ。水モ澄《す》ンデイテ飲ム事ガ出来ル。野営ニ適シテイル場所トイエルダロウ」

「それはいいこと聞いたっス。森の奥《おく》に行けば行くほどモンスターがわんさか出て困っていたから、どっか野営地を探してたんスよね～」

冒険者が溢れ、ワイワイガヤガヤと非常に騒がしかった。

閑古鳥《かんこどり》が鳴いていたのは、もう遠い彼方《かなた》。

ギルド内は正面に受付カウンター、右手には鍛冶屋《かじや》とアイテム屋（俺《おれ》も商品を卸《おろ》している）。左側には酒場があって、建物の裏側は修練場となっている。

しばらく騒がしい光景を眺めていると、

「おやおや？　そこにいるのはお兄さんじゃないですかぁ」

俺に気づいた受付嬢《うけつけじょう》が顔を上げ、声をかけてきた。

「ど、どうもエミーユさん。今日もここは賑やかですね」

「こんな時間にどうしたんですかぁ？　今日は納品もありませんよねぇ？　あ！　もしかしてアタシに会いに来ちゃいました？　わけもなく高価な贈《おく》り物《もの》を持ってアタシに会いに来ちゃいました？」

声をかけてきたのは、おカネが大好きな兎獣人のエミーユさん。

以前は潰《つぶ》れかかった冒険者ギルド『銀月』でギルドマスター代理をやっていた彼女《かのじょ》は、『妖精の祝福』の受付嬢へと転職し、上がったお給金で散財したり、お金持ちのイケメン冒険者に色目を使ったりと、忙《いそが》しくも充実《じゅうじつ》した日々を送っているそうだ。

妖精の祝福に商品を卸すようになり、俺の商売はずっと右肩上《みぎかた》がり。

それを知っているからか、彼女は俺がギルドに顔を出すたびにやたらとアピールしてくる困ったさんとなっていた。

「面白《おもしろ》いジョークですね。もしかしてもひょっとしなくてもエミーユさんに会いに来たわけじゃないんで、そこは安心してください。俺は人とやくそ――」

「もう、強がりはよくないですよ？　お兄さんがアタシを何不自由なく生涯《しょうがい》に亘ってあり得ないほど贅沢《ぜいたく》な暮らしをさせてくれるなら、アタシはいつでもお兄さんのお嫁《よめ》さんになる覚悟《かくご》はできてるんですからね♡」

「なんの罰《ばつ》ゲームだそれは！」

「ひどいな～。どう考えてもご褒美《ほうび》じゃないですかぁ。このエミィちゃんを自由にできるんですよ？　こー見えてアタシ、尽《つ》くすタイプなんですからね♡」

言い終わるやいなや、なぜか胸元のボタンを外しはじめるエミーユさん。

この突然《とつぜん》の奇行《きこう》にごく一部の冒険者たちがざわつきはじめ、大半の冒険者たちは見慣れた光景として視線を戻《もど》す。

「ちょっとちょっとっ。ボタンを外さない！　というか仕事しろ仕事！」

「偶然《ぐうぜん》にもいまから休憩《きゅうけい》するところだったんですよぅ。そこにお兄さんがやってきたわけですから、これはもう運命だと思うんですよねぇ。お兄さんもそう思いません？」

受付カウンターをよいしょと乗《の》り越《こ》えてきたエミーユさんが、指をわきわきしながら近づいてくる。

背中に怖気《おじけ》が走り、俺は数歩後ずさり。

なんだか今日は、いつもよりもリアルに身の危険を感じるぞ。

「さぁさお兄さん、アタシとお酒でも飲みながら暗がりにでも行きましょう♡」

「断固拒否《きょひ》する！　暗がりと酒癖《さけぐせ》の悪い女性にだけは近づくなってのがばーちゃんの遺言《ゆいごん》なんだ！　最近ばーちゃんが生きてるって知ったけども」

「なに言ってるかアタシにはわからないんですよぅ。そんなことより……」

エミーユさんの手が迫《せま》る。

俺は捕《つか》まってなるものかと、逆にエミーユさんの手首を自らキャッチした。

「んぐぐっ……お兄さん、観念するんですよぅ。観念してア、アタシと暗がりに行くんですよぅ！」

「くのっ……あ、あいにくと明るいところの方が好きなもんでね！」

真正面から迫りくるエミーユさん。

肩《かた》と肩がぶつかり合い、押されては押し返し、互《たが》いに手を払《はら》い払われ、いつの間にやら指と指が絡《から》み合《あ》う。

俺の右手がエミーユさんの左手を。エミーユさんの右手は俺の左手を。

プロレスで言うところの、ロックアップから手四つの状態。

「そ、そんなに情熱的に指を絡めてくれるなんて……んぐっ、う、嬉しいんですよぅ！」

「手を掴《つか》まなきゃアンタが強引に俺を暗がりへと連れてくからでしょーが！」

「イヤよイヤよも……こんのぅっ！　す、す、好きのうちなんですよう!!」

「ぐおぉぉぉ～～ッッッ!!　やばいやばいやばい！　近い近い近いっ!!」

女性とは言え、獣人だけあって力が凄い。

日本育ちの文明の利器に甘《あま》えまくった俺の力では歯が立たず、あっという間に壁際《かべぎわ》まで押し込まれてしまった。

全力で押し戻そうとするも、鼻息を荒《あら》くしたエミーユさんの顔がどんどん近づいてくる。

「う、うふっ。うふふふふふふっ。お兄さん……か、観念するんですよぅ」

タコのようになったエミーユさんの唇《くちびる》が迫ってきて――

「なにバカなことやってるにゃ」

「イタッ!?」

誰かがエミーユさんの頭をぽかりと叩《たた》く。

「イタタタ……。んもうっ。叩くなんてひどいんですよぅ」

涙目になったエミーユさんが振り返る。

そこには――

「シロウ無事かにゃ？　エミィに変なことされてない？」

「キルファさん！」

猫獣人《ケットシー》の冒険者、キルファさんの姿が。

窮地《きゅうち》にいた俺には、キルファさんがヒーローに見えた。

「ありがとうございます！　ありがとうございますキルファさん！　俺……俺、もう少しで汚《けが》されてしまうところでした。俺という青い果実が無遠慮《ぶえんりょ》に収穫《しゅうかく》されてしまうところでしたっ」

俺は大げさに泣《な》き真似《まね》をする。

そんな俺の頭をキルファさんがぽんぽんと。

「よしよし、怖《こわ》かったね～。満月が近づくと兎獣人族はエッチになるから油断しちゃダメなんだにゃ」

「え、エッチになんかなってませんよぅ！　友だちだからって言っていいことと悪いことがあるんですからねっ。へ、ヘンなこと言わないでくださいい～っだ！」

エミーユさんが、お手本のようなあっかんべーを披露《ひろう》する。

以前にもまして女を捨てたあっかんべーだった。

「変なことしよーとしてたのはエミィのほうなんだにゃ。ダメだよ？　シロウはこれからボクたちとご飯食べるんだから」

「む？　ボクたちってことは……まさかっ⁉」

キルファさんの言葉を聞き、エミーユさんがハッとした顔をする。

「そーゆーこった。あんちゃんはおれたちと先約があんだよ。悪《わり》ぃなエミィ、あんちゃんといい雰囲気《ふんいき》なとこジャマしちまってよ」

「……………シロウは困ってた。男女における健全な関係とはいえない」

「ネスカ殿《どの》に同意します。シロウ殿、危ないところでしたな」

やってきたのは俺と親しい冒険者たちだった。

イケメン剣士《けんし》のライヤーさん。

のんびり屋さんなハーフエルフの魔法使《まほうつか》い、ネスカさん。

温厚《おんこう》だけど怒るとメイスが降って来る、武闘《ぶとう》神官のロルフさん。

そこにさっき助けてくれた斥候《せっこう》のキルファさんを加えた四人が、冒険者パーティ『蒼《あお》い閃光《せんこう》』だ。

「待たせたみたいだなあんちゃん。んじゃま、さっそく飯でも食おうぜ」

俺が冒険者ギルドへ来た理由。

それは、蒼い閃光のみんなとご飯を食べる約束をしていたからだった。

◇◆◇◆◇

「「「かんぱーい!!」」」

青い閃光との夕食会がはじまった。

まあ、夕食会と言っても、ほとんど飲み会のようなものだけどね。

参加者は蒼い閃光の四人と俺。

あとなぜか――

「乾杯《かんぱい》なんですよぅ!」

エミーユさんもいた。

俺が蒼い閃光のみんなとご飯を食べると言ったら、

「ずるいですよぅ! アタシ誘《さそ》われてないんですよぅ! のけ者は嫌《いや》なんですよぅ!」

と、子供顔負けの駄々《だだ》をこねはじめ、なし崩《くず》し的に参加することになったのだ。

ネスカさんの計らいにより、隣《となり》に座《すわ》っていないのが唯一の救いかな。

時刻は日が沈《しず》み、夜に差《さ》し掛《か》かろうとしている頃合《ころあ》い。

テーブルには料理の皿がいくつも置かれていた。ほとんどが肉料理で、ひと口食べてみたらなんとなく豚肉《ぶたにく》に味が似ていた。

なんの肉か質問すると大概《たいがい》モンスターの名前が返ってくるから、最近はあえて訊かないことにしている。

「こっちも食べてみるか」

俺が川魚の料理に手を伸《の》ばしたタイミングで、それは起こった。

「んだとテメェ！　今なんつったっ⁉」

突然、入口側のテーブルから怒声《どせい》が上がった。

見れば短髪《たんぱつ》の冒険者《ぼうけんしゃ》が、学者然とした冒険者に肩をオラつかせて詰《つ》め寄《よ》っている。

なにやらケンカが起きそうな予感。

「もう一度言ってやがれ！　オレたちの仕事がなんだって⁉」

「フンッ。そう声を張り上げずとも言ってやるとも。マッピングもせず考えなしに森を進まれても困ると言ったのだよ」

「マッピングならちゃんとやってるだろうが！」

短髪の冒険者が、森の地図らしき羊皮紙を突《つ》きつける。

「こんなものはマッピングと呼べませんね。いいですか？　我々が行っているマッピングとは、ギルドでの情報共有を目的としたものです。わかりますか？　どこになにが描《えが》いてあるのか理解できないものはマッピングとは呼べないのですよ。なんですかこの雑な記入は。謎《なぞ》かけでもはじめるつもりですか？　謎かけなど迷宮《めいきゅう》だけで十分なんです」

やれやれと首を振《ふ》る学者風冒険者。正に一触即発《いっしょくそくはつ》な状況《じょうきょう》。

そこで俺は、エミーユさんに小声で「止めなくていいの？」とご進言。

「……ア、アタシはいま休憩中なんですよぅ」

プイと顔を逸《そ》らしてエミーユさん。

なんと言うことでしょう。本来なら止めなくてはならない立場なのに、このウサ耳ったら知らんぷりを決め込んでいるではないですか。

ならばとばかりにライヤーさんに顔を向けるも、しかめっ面《つら》で首を振るばかり。

「ほっとけあんちゃん。冒険者にとっちゃケンカは挨拶《あいさつ》みたいなもんだ。それに……最近はどいつもこいつも不満を溜《た》め込んでるからなぁ」

「不満ときましたか。理由を訊《き》いてもいいやつですか？」

「いいやつだぜ」

ライヤーさんは頷《うなず》いてから理由を教えてくれた。

「単純な話だ。ここにいるほとんどの冒険者は古代魔法文明の遺跡を探すために、わざわざ中央やいろんな支部から集められた腕利《うでき》きばかりなんだよ。早い話が、一流とベテランどころしかいないのさ」

「実力者揃《ぞろ》い、ということですか」

「そうだ。けどよ、ここが銀月から妖精の祝福になって……もうふた月か。ふた月も森の中を探し回ってるのに、遺跡らしきものが一つも見つかっちゃいない。だからだろうな。口にこそ出さないが、みんなどっかイラついてんのさ」

「あー、結果が出ないとそうなりますよね」

前職の上司がまさにそんな感じの人だった。

主に怒《いか》りのぶつけどころが俺なのが納得《なっとく》行かなかったけどね。

「そういうこった。ここが辺境じゃなくて、もちっと大きい街なら鬱憤《うっぷん》を晴らすこともできんだろうけどな。娯楽《ごらく》と無縁《むえん》のニノリッチじゃあなぁ……。ま、不満もたまるだろうよ」

「確かにニノリッチには、娯楽と呼べるものがほとんどないですもんね」

うんうんと同意を示していると、

「お兄さんお兄さん」

斜《なな》め向かいに座るエミーユさんが、小声で話しかけてきた。

本人は俺にだけ話しかけているつもりだろうけど、席が離《はな》れているせいで全員に聞こえている。

「な、なんですエミーユさん？　あ、先に言っておくとボタンは外さなくていいですからね」

「いくらアタシでもみんなの前でボタンなんて外しませんよぅ」

頬《ほお》を膨《ふく》らましてエミーユさん。

さっき衆人環視《しゅうじんかんし》のなか外しはじめたのは、『みんな』にカウントされていないのだから恐《おそ》ろしい。

「それよりもですね、ライヤーが言ってる『娯楽』ってゆーのはですね、アレですよぅ。アレのことですよぅ」

「……アレ？」

「もうっ。ニブちんですね。アレって言ったらエッチなお店のことに決まってるじゃないですか。エッチなお店」

「なっ⁉　――バッ、バカかエミィ！　そ、そんなわけないだろっ」

ライヤーさんが焦《あせ》ったように立ち上がる。

エッチなお店とはアレか。つまりエッチなお店のことか。

これに不満を表したのは、ライヤーさんとお付き合いしているネスカさんだった。

「…………えい」

「いってぇーーー‼　踵《かかと》で踏《ふ》むな踵で！」

「…………えっちなことを言うライヤーが悪い」

「おれはなにも言ってねぇぞ！　言ってるのはエミィだエミィ！　そもそもおれは娼館なんて一回も行ったことないんだからな！」

「…………えいっ」

「ぐあっつ⁉　だから踵はやめろ踵はぁっ！　それに行ってないのになんで踏むんだよ‼」

「こんなとこでエッチな話するライヤーが悪いにゃ」

「…………キルファ、このすけべにもっと言ってやって」

「ライヤーさんて、どすけべだったんですね」

「そうだよ。ライヤーはどすけべなんだにゃ」

「俺、ちょっとだけ見損《みそこ》ないました」

「ちげぇぇよぉぉおっ！　だから言ったのはエミィだろ‼　あ、おいネスカ待てって。あー、こっち見てくれよ」

「…………つーん」

じゃれ合うように痴話《ちわ》げんかをはじめる、ライヤーさんとネスカさん。

バカップルがいちゃつく一方で、冒険者同士の諍《いさか》いはリアルファイトへと突入《とつにゅう》しそうになっていた。

「ケンカなら買ってやるぞ！　表に出ろ！」

「……ふぅ。知能の低い者は短絡的《たんらくてき》で困りますね。ですがいいでしょう。愚者《ぐしゃ》に教鞭《きょうべん》を執《と》るのは賢者《けんじゃ》の務めですからね」

酒場のあちこちから「やれやれ！」だの、「どっちに賭《か》ける？」などと聞こえはじめる。

これが冒険者の日常なのかと感心していると、

「いったいなんの騒《さわ》ぎかしら」

バタンと音を立てて奥の扉が開かれた。

金色の髪《かみ》をなびかせ、美しい麗人《れいじん》が登場だ。

「まさかわたくしのギルドで喧嘩《けんか》をしている、なんて言いませんわよね？」

エメラルド色に輝《かがや》く瞳《ひとみ》で酒場を見回し、騒ぎの中心でピタッと止まる。

なにを隠《かく》そうこの美人さんこそが、妖精の祝福ニノリッチ支部のギルドマスター、ネイ・ミラジュさんだ。

以前、町長のカレンさんに支部を置いてくれと交渉《こうしょう》しにきたネイさんは、ギルドマスターとして再びニノリッチにやってきた。

なんでも元々優秀《ゆうしゅう》な人で、支部を置く交渉を上手《うま》くまとめた功績を買われての就任だったらしい。

「どうして黙《だま》ってしまうのかしら？　わたくしの質問が聞こえませんでしたか？」

ネイさんが騒いでいた二人を見据《みす》え、問いかける。

問われた二人は背筋をピンと伸ばして直立不動。

「まだ続けるというのならどうぞご自由に。ですが、もう二度とわたくしのギルドには来ないでくださいね」

ネイさんにそう言われ、二人は身を小さくした。

まだ若いネイさんに、熟練の冒険者が身を縮こませる。

それはギルドマスターの立場故《ゆえ》か、はたまたネイさんがそれだけの実力者であるからか、あるいはその両方か。

「……悪かった。いくら探しても遺跡のいの字も見つからねぇもんだからよ、ちょっとイライラしてたんだ」

「いえ、私も言い過ぎました。全面的に撤回《てっかい》しましょう」

ネイさんの介入《かいにゅう》により、ひとまず場は収まったようだ。

争っていた二人は元いた席へ戻り、不機嫌《ふきげん》な顔でジョッキを傾《かたむ》けている。

ネイさんはため息を一つつき、こちらに顔を向けた。

「あらシロウさん、いらっしゃったんですね」

「どうもおじゃましてます。そして仲裁《ちゅうさい》ご苦労様でした」

「お見苦しいところをお見せしましたわ」

ネイさんがコッコッとブーツを響かせ近づいてくる。

予期せぬ上司の急接近にエミーユさんが慌《あわ》てふためき、あろうことかテーブルの下に身を隠そうとして――盛大にずっこける。

「……エミーユさん、あなたがいたのにどうして止めなかったのですか？」

返事はテーブルの下からだった。

「あぅ、だ、だってアタシは休憩中ですからぁ、だから――それに、どーせアタシが言っても聞いてくれないんですよぅ。言うだけムダなんですよぅ」

「……確かにわたくしのギルドにいる冒険者はプライドが高い者ばかりですからね。あなたの――いえ、わたくし以外の者の言葉を聞き入れない者も多いでしょう。ですが、」

ネイさんがテーブルの下に手を伸ばす。

「だからといって職務を放棄《ほうき》してよい理由にはなりませんわよ」

「イタタタ、イタッ。痛いですよぅ。ひっぱらないでくださいよぅ」

首根っこを掴まれたエミーユさん。そのまま持ち上げられて、プラプラと。

うーん。女性とはいえ、片手で持ち上げるなんてネイさん凄いな。

ギルドマスターの名は伊達《だて》ではないってことだ。

「エミーユさん、あなた最近気が緩《ゆる》んでいませんか？　妖精の祝福で働く者として、教育し直さないといけないようですわね」

「いやなんですよぅ！　いまは休憩中なんですよぅ！」

「さ、行きますわよ。わたくしが直々に気を引き締《ひし》めさせてあげますわ」

ネイさんにズルズルと引きずられていくエミーユさん。

「お兄さん助けてくださいっ！　お兄さんの未来のお嫁さんがピンチなんですよぅ！　将来の愛する妻が連れていかれちゃうとこなんですよぅ！　助けるならいまなんですよぅ！　アタシにイイとこ見せるチャンスなんですよぅ!!」

エミーユさんが俺に助けを求めるが、当然スルー。

むしろ、笑顔《えがお》で見送ってあげた。

「減給だけは勘弁《かんべん》なんですよぉぉぉぉぉ――――……」

ズルズルと引きずられるエミーユさん。

奥の部屋の扉が閉まるその瞬間《しゅんかん》まで、俺に助けを求めていた。

「……なんか、ギルドの運営も大変そうですね」

二人が奥の部屋に消えたあと、しみじみとそう言ってみたところ、

「…………経験豊富な冒険者はみな自分が正しいと思いがち。相手が若いというだけで話を聞かない者も多い。そういった者たちをまとめ上げるのもギルドマスターの仕事」

ネスカさんもしみじみとしながら説明してくれた。

「なるほど。ギルドマスターも楽じゃない、ってことですか」

裏方にいる人の言葉は現場に届きにくいし、逆もまた然《しか》り。

立場が違《ちが》えば、必然的に考え方も違ってくるもの。管理職が大変な理由の一つだ。

寸劇が一段落したところで、

「それはそうとあんちゃん、一つ頼《たの》みがあるんだが……ちっとばかし話を聞いちゃくれないか？」

ライヤーさんがそう切り出してきた。

「俺に？　なんでしょう」

改まった感じに言ってくるものだから、なんとなく俺も居住まいを正す。

「……実はな、森である花を見つけたんだが——……」

ライヤーさんの話はこんな感じだった。

森で遺跡を探していた蒼い閃光。その道中で、高位の回復ポーションを作ることができる珍《めずら》しい花を見つけたそうだ。

けれどその花は採取したら数時間で萎《しお》れてしまう、素材として扱《あつか》いにくいものらしい。

そこで俺の出番だ。俺の持つスキル、空間収納《くうかんしゅうのう》。

空間収納でしまったものは時間の流れから解放される。

森で摘《つ》んで空間収納スキルで保管しておけば、萎れる前に薬師《くすし》に渡《わた》すことができる。

「どうだあんちゃん？　もちろん俺たちがあんちゃんをガッチリ守るが、森は危険なところだ。万が一もあるかもしれねぇ。でもよ、いまギルドでもポーション不足が起きてるのはあんちゃんも知ってるよな？」

「ええ、想定していたよりもずっと強いモンスターが出ているそうですね」

「そうだ」

遺跡を求め、森の攻略にあたる冒険者たち。

妖精の祝福にいる冒険者は実力者ばかり。でも、その実力者を以《もっ》てしても、手強《てごわ》いモンスターが森には多数いるそうだ。

そのせいで、ギルドで用意してある各種ポーションもすごい勢いで減っていっているんだとか。

もちろん、森には薬草も生えているし、ギルドにはお抱《かか》えの薬師もいる。

それでも現状は不足がちとのこと。

「おれたちベテランの冒険者はどうしたって遺跡を探すのがメインの仕事になっちまう。薬草採取なんて新人や三流どころがやる仕事だ。でもよ、高位ポーションを作れる花を見つけて、その花が萎れることなく持って帰れる手段があるのなら、冒険者として見過ごすこともできない」

「ギルドの現状を考えればそうでしょうね」

ギルドの価値は何かと問われれば、それは所属する冒険者たちに他《ほか》ならない。

冒険者たちの損耗《そんもう》を防ぐためにも、ポーションはいくらあっても足りない。

ポーションの存在は、つまるところ冒険者たちの生命線になるからだ。

「それにな、その薬草を薬師に売れば一本銀貨四枚にはなるんだよ」

「おー、けっこういい値段で買い取ってもらえるんですね」

「そうだ。花一本で銀貨四枚はかなりいい。そして俺たちが見つけた場所には——」

ライヤーさんがにやりと笑い、続ける。

「花畑かってぐらいたくさん咲《さ》いてたんだよ」

「つまりギルドの助けになるだけじゃなく、めちゃくちゃおカネにもなるということですね」

俺がそう訊くと、蒼い閃光全員が同時に頷いた。

「片道どれぐらいかかりますかね？」

「半日もかからない。ま、余裕《よゆう》をもって一泊二日《いっぱく》ってとこか。朝に出れば次の日の昼前には帰ってこれるだろうぜ。花が咲いてるあたりにはやばいモンスターも出ないし、万が一出てもおれたちが対処する」

「ふむ……」

腕《うで》を組み考える。

俺の店の売上は、七割が冒険者。ぶっちゃけ冒険者たちに支えられている、と言っても過言ではない。

そんな冒険者の命を守るためにも、ポーションの存在は不可欠だ。

いまのところ冒険者が亡《な》くなったって話は聞いたことがないけれど、危なかったって話はちらほらと耳に届く。

となれば——

「わかりました。俺も同行します」

冒険者たちの生存率があがるなら、俺も多少の無茶《むちゃ》はしないとだよな。

「その代わりしっかり守ってくださいよ？」

「そこは任せてくれ」

ライヤーさんが腰《こし》の剣《けん》をぽんと叩く。

「ギルドに修練場ができたからな。わざわざカネ払ってまで教官にしごかれたんだ。前のおれたちとは違うってとこをあんちゃんに見せてやるぜ」

「それ、モンスターに襲《おそ》われる前提になってません？」

「だっはっは！　言われてみればそうだな。ま、モンスターが出てもおれたちが倒《たお》すから安心してくれってことだよ」

「うんうん。ボクたちすっごく強くなったんだにゃ」

「………わたしも詠唱《えいしょう》速度が上がった。……少しだけど」

キルファさんとネスカさんがえっへんと胸を張る。

ロルフさんだけはいつものように、ニコニコと温厚な笑《え》みを浮《う》かべていた。

「ってなわけであんちゃん、報酬《ほうしゅう》はおれたち青い閃光とあんちゃんの折半でいいよな？

たぶん、金貨五枚は固《かた》いぜ」

金貨五枚。等価《とうか》交換《こうかん》スキルを使えば五〇〇万円になる。

一泊二日で五〇〇万円か。ビジネスと考えても、とても美味《おい》しい話というわけだ。

でも――

「そこは五等分でいいですよ」

「いいのか？」

「ええ。俺はパーティメンバーじゃないですけど、蒼い閃光とは仲間のつもりですからね」

「あんちゃん……。はぁ、あんちゃん、商人ならもっと欲出していいんだぞ？　なのにあんちゃんはホント……」

ライヤーさんちょっとため息をついて、それから笑った。

親しい相手にだけ見せる、心からの笑みだった。

「わかった。でもあとからもっとくれってのはナシだかんな？」

「言いませんって、そんなこと」

ライヤーさんがふざけたように言い、俺も笑いながら返す。

「……あんがとよ。そんじゃ改めて乾杯といくか。やかましいエミィもいなくなったことだしな」

こうして俺は、久々に蒼い閃光に同行することになったのだった。

第四話　お花摘《はなつ》みと川下りと

アイナちゃんに事情を話し、ついでに二日ばかり店を休みにすると伝えた。

蒼《あお》い閃光《せんこう》と共に森へ入り、歩くこと半日ばかり。

「なるほど。聞いてた以上に咲いてますね」

「だろ？」

俺はいま、川のほとりにできた花畑に立っていた。

「きれいな花ですね」

薄《うす》い桃色《ももいろ》をしたお花たち。

アイナちゃんが見たら喜ぶだろうな。

「………この花の名はアプサラ。澄《す》んだ水の近くでしか咲かないの」

ネスカさんの説明によると、このアプサラの花は地中に深く根を張るタイプの花で、そのせいで鉢《はち》に植《う》え替《か》えて持って帰ることも難しいそうだ。

深く根を張ると聞くとタンポポを連想しちゃうけど、タンポポとは違い繊細《せんさい》で、ちょっとしたことですぐ枯《か》れてしまうんだとか。

「日が暮れる前に摘んじゃうにゃ」

キルファさんがそう言い、みんなで花を摘むことに。

背負っていたリュックを下ろし、花畑にしゃがみ込む。

「ほいあんちゃん」

「はい、受け取りました」

「シロウこれー」

「はいはーい」

「…………………これお願い」

「シロウ殿、こちらもお願いできますか？」

蒼い閃光の四人がプチプチと摘んでは、俺にパス。

そんな感じにどんどん摘んでいるときそれは起こった。


――ヴヴッ。ヴヴヴヴウウゥゥゥッ。

どこからか羽音が聞こえる。

それも、プゥ～ンという蚊《か》みたいな小さなものではなく、車のエンジン音みたいな大きな音が。

「みんな、静かにしてくれ」

ライヤーさんが指示を出す。

しばらくして、体長が一メートルぐらいありそうな巨大《きょだい》な虫が、川の対岸を飛んでいるのが見えた。

その数、ひのふの……一七匹《ひき》。

「……飛甲蟲《ひこうちゅう》か。やっかいだなヤツだが、この場合はまだマシか。あんちゃん、動くなよ。あの蟲はこっちから手を出さなきゃ、まず襲いかかってくることはない」

ライヤーさんの指示を受け、全員が動きを止める。

飛甲蟲は、昆虫《こんちゅう》の羽が生えたザリガニみたいな姿をしていた。

空飛ぶザリガニたちが、ブンブンブンと威勢《いせい》のいい羽音を響《ひび》かせ川向こうを飛んでいる。

川を超《こ》えようとしているのか、だんだんとこちらに近づいてきた。

おのずとその姿もハッキリと見えてくる。

前肢《ぜんし》がカニのようなハサミをしていて、残りは昆虫のような関節肢をしていた。

はて？　脚《あし》が何本か欠損しているように見えるけど、元からそういう仕様なのだろうか。

「ライヤーさん」

「なんだあんちゃん？」

「あのモンスターにクマよけスプレーは効きますかね？」

思い起こすのは、冒険者体験中に遭遇《そうぐう》したマーダーグリズリーだ。

あのときは、俺《おれ》が使ったクマ撃退《げきたい》スプレーでマーダーグリズリーを行動不能にできたのだが……。

「たぶん……効かないだろうな」

ライヤーさんが首を振る。

「あんちゃんからもらって何度か試《ため》したけどよ、あのアイテムは獣系モンスターにゃめっぽう効くが、蟲系モンスターにはまるで効いちゃいなかったんだ」

クマ撃退スプレーの主成分は、刺激物《しげきぶつ》のカプサイシンだ。

顔に吹《ふ》きかけると眼《め》や鼻の粘膜《ねんまく》に作用し、激しい痛みで行動不能にすることができる。

逆に言えば、対象モンスターに粘膜がなければ通用しにくいのだ。

「もう一個質問させてください。……あのモンスター、傷を負ってるように見えるのは俺だけですかね？」

「奇遇《きぐう》だなあんちゃん。おれもいま同じ事考えてたんだ」

「ねぇねぇライヤー、あの飛甲蟲、他のモンスターと一戦交えたあとじゃないかにゃ？　だってほら、血がたくさん出てるんだにゃ」

前方のザリガニの腹部から、体液のようなものが流れ落ちていた。

他のザリガニにも切り傷のようなものが多数見受けられる。

「…………ウィンドカッターの痕《あと》に似ている」

「体液の固まり具合から予想すると、つい先ほどまで戦闘《せんとう》していたようですね」

ネスカさんとロルフさんも同意見の様子。

隣にいるライヤーさんの舌打ちする音が聞こえた。

「やべぇな」

ザリガニたちがこちらの存在に気づいた。

ガチガチと牙《きば》を鳴らし、威嚇《いかく》の構え。

こちらが手を出さずとも、向こうは既《すで》に戦闘モードだったようだ。

同時にライヤーさんが剣を抜《ぬ》き、叫《さけ》ぶ。

「ロルフ、あんちゃんを護《まも》れ！　ネスカは魔法《まほう》の詠唱だ！」

「承知」

ロルフさんが俺を庇《かば》うように立つ。

『ギキィィギギギイイイイイッッ!!』

耳障《みみざわ》りな鳴き声を上げ、ザリガニたちが一斉《いっせい》に襲いかかってきた。

「………ファイアアロー」

ネスカさんが先頭の一匹を魔法で倒す。

仲間が倒されたのを気にも留《と》めず、ザリガニたちは向かってくる。

『『ギイイィィイッ!!』』

空飛ぶ巨大ザリガニの群れ。

最早《もはや》、恐怖《きょうふ》以外の何物でもない。

「シロウ殿! 私の後ろに!」

ロルフさんが盾《たて》とメイスを構える。

顔が険しいのは、それだけやり辛《づら》いモンスターだからだろう。

「うぅ~。飛甲蟲は硬いからキライにゃ」

キルファさんが文句を言いつつもショートソードを抜き放つ。

「ボクが引きつけるから、ネスカはまほーでやっつけて!」

キルファさんがダガーを投擲《とうてき》する。

一本。二本。三本。

しかしダガーはザリガニの外皮によって弾《はじ》かれる。

ザリガニが空中で静止した。

頭部をキルファさんに向ける。

瞬間――

「………ファイアボルト」

詠唱を終えたネスカさんの手から火球が放たれた。

『キィィィイ……』

直撃《ちょくげき》。

ザリガニが炎《ほのお》に包まれ川に落ちる。

「なるほど、あのザリガニは火に弱いわけか。なら――」

俺は空間収納《くうかんしゅうのう》からスプレー缶《かん》を取り出す。

「シロウ殿、そのアイテムは飛甲蟲には効きませんよ」

スプレー缶を握《にぎ》る俺を見て、注意喚起《かんき》するロルフさん。

形が一緒《いっしょ》だから、クマ避《よ》けスプレーと思ったようだ。

「大丈夫《だいじょうぶ》です。これはアレと別物ですから」

「別？」

「ええ。こうやって使うんですよ！」

スプレー缶をザリガニに向ける。

ポケットからライターを取り出し火をつけ、右手でスプレー缶のボタンを押《お》し込んだ。

可燃性のスプレー剤《ざい》を噴射《ふんしゃ》し、火に近づけるとどうなるか？

答え、火炎放射器《かえんほうしゃき》になる。


――ボオオオォォォォオッ!!


スプレー缶から炎が放射状に放たれた。

まるで魔法だ。

『ギイイイイイイイッツッ』

即席《そくせき》火炎放射器を喰《く》らったザリガニが地面に落ち、バタバタともがく。

「ロルフさんいまです！」

「承知！」

ロルフさんが裂帛《れっぱく》の気合いを以てメイスを振り下ろした。

グシャリと音を立てザリガニが潰《つぶ》れる。

なかなかいいコンビネーションなんじゃないのこれ？

「どんどんいきますよ！」

ザリガニをロックオンして、即席火炎放射器で撃墜《げきつい》していく。

川に落ちたものはそのまま流されていき、地面に落ちたものは、

「おらよっ」

「ふんにゃ！」

ライヤーさんとキルファさんがトドメを刺《さ》していった。

「シロウこっちもお願いするにゃ！」

「はい！」

スプレー缶をザリガニに向け、火炎放射。

日本だったら通報不可避《ふかひ》な禁断の必殺技《ひっさつわざ》により、ザリガニはその数をどんどん減らしていく。

「もう少しだ！」

ライヤーさんがみんなを鼓舞《こぶ》する。

残り六匹。

一匹はキルファさんで二匹がロルフさん。

ライヤーさんも二匹を相手取り、残りの一匹が魔法を放って隙《すき》だらけのネスカさんに迫《せま》る。

「…………っ」

ネスカさんの表情が強《こわ》ばった。

不意を突かれたのだ。

俺は即席《そくせき》火炎放射器を使おうとするが——ダメだ。近すぎる。

このまま使ったらネスカさんまで巻き込んでしまう。

「ネスカ！　くっ、邪魔《じゃま》だどけ！」

「ふにゃ!?　ネスカそこから離れるにゃ！」

みんなザリガニと戦っているため、ネスカさんを助けに行くことができない。

——隙だらけのネスカさんにザリガニが迫る。

いま自由に動けるのは俺だけ。

——ネスカさんがぎゅっと目をつぶる。

「クソッ！」

気づけば俺は走り出していた。

ライターとスプレー缶を投げ捨てる。

ザリガニの脇《わき》をすり抜け、

「ネスカさん危なーーーい!!」

「っ⁉」

思い切りネスカさんを突《つ》き飛《と》ばした。

ゴロゴロと花畑を転がるネスカさん。

ザリガニが俺を標的に切《き》り替えるのがわかった。

腕を十字にして防御《ぼうぎょ》姿勢を取る。

『ギギィッ!!』

間髪《かんはつ》容《い》れずにザリガニが俺に覆《おお》い被《かぶ》さってきた。

「くっ⁉」

ワサワサした脚が俺の上体に絡《から》みつく。

耳元でガチガチ、ギチギチと気味悪い音が発せられる。

カパッと顎《あご》を開けたザリガニが俺に噛《か》みつこうとして――

「あんちゃん川に飛び込め！」

ライヤーさんの声が聞こえた。

聞き返す時間も考える時間もない。

ただライヤーさんの言葉を信じて川に飛び込む。

『ギィ⁉』

水に驚《おどろ》いたのか、ザリガニが俺を放した。

バシャバシャと暴れているが、水に浸《つ》かった羽では飛び上がることができず流されていく。

でも流されたのはザリガニだけじゃなかった。

「くっ……流れが――速い」

俺は流されまいと川岸に手を伸《の》ばすが――届かない。

しかも川の流れが速い。めっちゃ速い。その上深い。

「ヤバ……」

『……水の精霊《せいれい》よ。彼《か》の者に水の理《ことわり》をわけあたえ賜《たま》え』

ネスカさんが呪文《じゅもん》を唱え、なにかの魔法を俺にかけた。

ぽうっと体が光を帯びる。

「あんちゃん！　なんとかして川岸まで辿《たど》り着《つ》くんだ！　絶対に――絶対に見つけてやるからな！　待っててくれ!!」

「シロウーーーーッ!!」

「シロウ殿《どの》！」

俺を呼ぶ仲間たち。

その声を聞きながら、俺は川を流されていくのでした。

尼田《あまた》士《し》郎《ろう》二五歳《さい》。

人生でも最大級のピンチです。

◇◆◇◆◇

川で流され続ける俺氏。

結論から言えば、俺は川に流されていたけれど溺《おぼ》れてはいなかった。

どうやらネスカさんが俺にかけた魔法は、水の中でも呼吸ができるたぐいのものだったようだ。

川幅《かわはば》はどんどん広くなり、流れもどんどこ速くなっていった。

川に落ちて数十秒か。それとも数分だったか。

水の中でもがき続ける俺の手を、不意に『誰《だれ》か』が掴《つか》む感触《かんしょく》があった。


——蒼い閃光が助けに来てくれたのか⁉


沈《しず》みかけていた俺の手が引っ張り上げられる。

「っぷはぁ！」

水面から頭が、次いで上半身が。

そのまま川岸まで引上げられ、

「ゲホッ、ゲホッ——おえぇぇっ」

しこたま飲み込んでしまった水を吐《は》き出《だ》した。

「はぁ、はぁ、はぁ……」

呼吸を落ち着かせてから顔を上げた。

そこには——

「お、よかったよかった。しっかり生きてるみたいだな只人族《ヒューム》」

「……」

「ん？　なに呆《ぼ》けてんだ？　おーい。しっかりしろー。あたいの声が聞こえるかー」

ぺちぺちと、俺の頬《ほお》を叩《たた》く小さな女の子。

ここがファンタジーな世界だと、全身で語っている存在。

すなわち、

「き、君……は？　まさか――」

「なんだその顔。お前、妖精族《フェアリー》を知らないのか？」

物語の中でしか見たことのない『妖精』が、目の前でホバリングしていた。

第五話　妖精族《フェアリー》

「妖精って……ええっ!?　あの妖精っ？　……はじめて見た」

妖精といえば、童話からロボットアニメにまで出てくる存在。

であればファンタジーな異世界に出ても、不思議ではない。

物語の中でしか会ったことのない種族が、いま目の前に。

まさか川に流されたことがきっかけで、妖精に会えるとは思いもしなかったぞ。

ニノリッチでも見かけたことがないから、戻《もど》ったらみんなに自慢《じまん》しなくては。

まあ、無事に戻れたらだけどね。

「……そ、そんなに見るなっ。恥《は》ずかしいだろっ」

「あ、ごめん。妖精を見るのははじめてだったから、つい」

大きさはたぶん三〇センチほど。歳は一四歳ぐらいかな？

肌《はだ》は褐色《かっしょく》。首元に黄色い石が付いた首飾《くびかざ》りをしていて、お腹《なか》にぐるぐると包帯らしきものを巻いている。ケガではなさそうだから、お腹が冷えるのを予防しているのかな。

背中に生えた（？）半透明《はんとうめい》の光る羽をはためかせ、ふわふわとホバリングしていた。

「おい只人族《ヒューム》、あたいに見惚《みほ》れる前に言うことがあるだろ？」

「言うこと？」

妖精はむすっとした顔で頷《うなず》く。

「そーだ。言うことだぞ」

「……はじめまして？」

「はぁ。只人族ってバカなのか？　挨拶《あいさつ》より先に言うことがあるだろって言ってるんだ。そもそもなんでいまお前はここにいるのさ？　誰のおかげで冷たい水の中じゃなくてここ《川岸》にいると思ってるんだよっ」

「それは……」

川で溺れ、意識が途切《とぎ》れかけたときに誰かが俺の手を……ん、手？

よく見れば妖精さんの手が濡《ぬ》れていた。

つまり——

「ああーーーーっ!!　ひょっとして川から俺を引上げたのはっ！」

「やっとわかったみたいだな。そうさ。お前はあたいが助けてやったのさ」

両手を腰にあて、称《たた》えよとばかりにどーんと背を反らす命の恩人。

こんな小さな体で、どこに川を流れる成人男性を引上げる力があるのか不思議だけど、ここは異世界。

俺にとっての不思議があたり前の世界なんだ。

「君が俺を……。ありがとう。本気で助かったよ」

「そうだろそうだろ？　あたいが見つけてなきゃ、お前はいまごろこの先にある滝《たき》から落っこちていただろうからな」

「滝？　滝って、あの高いところから水が落ちてるあの滝？」

「他にどんな滝があるのさ。この先にある滝はな、お前の背丈《せたけ》の何十倍もある滝なんだぞ。あたいが助けてなきゃ、いまごろあちこちぶつけてグッチャグチャ。滝壺《たきつぼ》にいる魚のエサになってたとこだぞっ」

そう言えば、耳を澄ますと下流の方から「ドドドドドッ！」って音が聞こえるな。

音の激しさは、すなわち落差の激しさでもある。

どう考えても危機《きき》一髪《いっぱつ》だったじゃないか。

「いろんな意味で助けられたのか俺は」

俺はぶるりと身を震《ふる》わせた。

水に濡れた寒さではなく、死んでいたかもしれない恐怖からだ。

「それはそうとお前、」

妖精が俺をビシッと指差す。

「どうして流されていたんだ？」

「あー、それなんだけどね……」

「この森に只人族はいなかったはずだぞ。それともあたいが知らないだけで、只人族も住むようになったのか？」

「長くなるけど、いい？」

俺の肩《かた》に妖精がふわりと着地。

同時に背中の羽がふっと消える。

そしてよっこらしょと断りもなく座《すわ》ると、

「いいぞ。聞いてやる」

と言った。

肩に座る妖精に、俺の身になにが起こったのかを話す。

「仲間と森に入って薬に使う花を摘んでたんだよ。そしたらモンスターが襲いかかってきてね。そのモンスターから逃《に》げるために、川に飛び込んだってわけさ」

話し終えると、妖精は「お前は弱っちいんだな……」と言い、哀《あわ》れみの目を向けてきた。

「そんなわけでね、俺は森の西にあるニノリッチというとこから来たんだよ」

ニノリッチの名を告げた瞬間《しゅんかん》のことだった。

「に、にに、ニノリッチだってて⁉」

妖精が目を見開く。

肩を震わせ、なにやら驚いている様子。

「ニノリッチってあれだろっ？　只人族の里のことだろっ？」

「おー、しってるんだ。うん、そうだよ。俺たちは『町』って呼んでるけどね」

妖精の質問に頷いて返す。

「じゃ、じゃあ——」

妖精は肩から飛び上がると、顔の正面でホバリング。

期待に満ちたような、どこかすがるような瞳《ひとみ》を俺に向ける。

「じゃあっ、あたいをニノリッチにつれてってくれないかっ？」

「……え？」

「……だ、ダメなのか？」

「いや、ダメってわけじゃないけど……いきなりだったからさ。ニノリッチに知り合いでもいるの？」

「いるぞ。只人族の男だ！」

「へえ。誰だろ？」

妖精と知り合いなんて、やっぱり冒険者《ぼうけんしゃ》だったりするのかな？

「そうだ！　只人族の男だ！　背丈はお前より高かったかな？　ひょろ長くて弱っちそうなヤツでな、いっつも楽しそうに笑っているんだ。ああ、あと髪《かみ》と目が空の色をしてるんだぞっ。どうだ、しってるか？　アイツはニノリッチに住んでるって言ってたから、お前もきっとしってるはずだぞ！」

妖精が矢継《やつ》ぎ早《ばや》に訊《き》いてくる。

「いやいや、ちょっと待って。同じ種族だからって、全員の顔をしってるわけじゃないからね」

「……しらないのか？」

「残念ながら、ね。せめて名前ぐらい教えてもらわないと」

「名前……名前か。名前は……しらないんだ。あたいが出会った只人族はアイツだけだったからさ。あたいはアイツのことをずっと『只人族《ヒューム》』って呼んでたんだ」

「そっか」

ニノリッチは小さい町だから、名前さえわかればいくらでも捜しようがあるんだけどな。

「名前……訊いておけばよかったよ」

パティが肩を落とす。

さっきまでの元気はどこへやら。

どうやらかなり落ち込んでいるようだった。

「君にとって大切な人みたいだね」

「……友だち、だからな」

「そうなんだ」

「ああ。前はしょっちゅう里を抜け出してアイツと遊んでいたんだけどな、里を抜け出すところを族長に見つかっちまってさ。それでしばらく里から出ることができなかったんだ。でも……まあ、いろいろあってやっと里から出ることができたから……。それで……な」

「その友だちに会おうとしたわけだ？」

妖精は「そうだ」と首を縦に振《ふ》る。

「あたいはいままでずっと森の中でアイツと会ってたからさ、そのニノリッチとかいう只人族の里がどこにあるか知らないんだ」

「森でねぇ。なんでその人は森にいたの？」

「モンスターを狩《か》りに来たって言ってたな。モンスターを狩って、里のみんなで食べるって言ってたぞ」

「ふーん。となると狩人《かりゅうど》か冒険者っぽいな。森で会ってたなんて、なんかロマンチックだね。実は恋人《こいびと》同士だったとか？」

「ばーか。妖精族と只人族が恋仲《こいなか》になるわけないだろ。本当に……友だちだったんだよっ。あたいとアイツはね。友だち……なんだよ」

「ふーん。マブダチだったんだ」

「そ、そう！　マブダチだ！　やっと里を出れたからな。ついでってわけじゃないけど、アイツを捜《さが》してたんだ。けど見つからなくてさ」

妖精は口をとがらせ、不満げにそう言った。

「それで俺にニノリッチまで連れてってほしいわけだ」

瞬間、脳裏《のうり》にキュピーンと稲妻《いなずま》が走る。

……いいこと思いついちゃった。

「なら、こういうのはどうかな」

「ん？」

「君はこの森に住んでるんだよね？」

「当たり前だろ。あたいは妖精族。生まれも育ちもこのジギィナの森だぞっ」

「つまり、森に詳《くわ》しいってことでしょ？　モンスターがたくさんいるこの森でも、自由に飛び回れるぐらいには」

「ま、まーな。あたいは他の妖精族よりもずっと勘《かん》が鋭《するど》いからな。モンスターが近づいてきたらすぐわかるんだっ。そ、それにあたいは強いんだぞ。モンスターなんかイチコロなんだぞっ。見ろ！」

妖精が近くの木に手のひらを向け、

「ウィンドカッター!!」

轟《とどろき》と風が逆巻《さかま》いた。

「んぷっ」

急な突風《とっぷう》に目を閉じてしまい、再び開けたときには——

「どうだ？　すごいだろ？」

目の前に、大型台風が通り過ぎたような光景が広がっていた。

対象物だった木はもちろん、地面はあちこち捲《まく》れ上《あ》がり、近くに生えていた木々までズタズタに切り裂《さ》かれ倒《たお》れている。

「いまのは……魔法？」

「そうだ！　驚いたか？」

「驚いたよ。……でもちょっとやりすぎじゃないこれ？」

「うっ」

妖精が気まずい顔をする。

「力を示すなら木を一本倒すだけで良かったのに……あたり一面ぐっちゃぐちゃだよ」

「それは……あ、あたいは魔力《まりょく》のコントロールが苦手なんだよっ。で、でもいいだろ！　威力《いりょく》はあるんだからさ！　さっきだってな、あたいを捕《つか》まえようとした飛甲蟲《ひこうちゅう》の群れをこの魔法で追《お》っ払《ぱら》ったんだぞっ」

「飛甲蟲……？」

聞き覚えのあるモンスター名。

まさか、俺たちに襲《おそ》いかかってきた空飛ぶザリガニが傷を負っていたのは……。

「しらないのか？　でーっかい蟲のモンスターのことだよ！　ま、あたいが魔法で返《かえ》り討《う》ちにしてやったけどなっ」

えっへんとする妖精。

妖精コントロールは苦手だけど、威力は絶大。

そりゃ小さい体で、モンスターだらけの森を飛び回れるわけだ。

「それは心強いね。ならこれは提案なんだけど、俺がニノリッチに君を連れていくから、君は俺を森の西へ連れてってくれないかな?」

冒険者でもなんでもない俺が森を進むのは、命がけになる。

けれど森に詳しく、その上強いガイドがいれば安全性がぐっと高まるのでは?

その考えに至った俺は、妖精に取引を持ちかけたのだった。

「お前……あ、あたいをニノリッチに連れてってくれるのかっ?」

「命を助けてもらったからね。それぐらいさせてもらうよ。と言っても、森を抜けれたらだけどね」

この提案に妖精の瞳が輝《かがや》きはじめる。

それはもうキラキラと。

「森を抜けるだけでいいんだなっ? ま、任せろ! あたいが森の外までお前を連れ出してやる! ついでに弱っちいお前を守ってやるぞっ」

「嬉《うれ》しいね。じゃ、交渉《こうしょう》成立ってことで」

俺は右手を妖精に伸ばす。

「……なんだその手は?」

「握手《あくしゅ》、ってゆーんだけど、知らない? 只人族の間では、親しい間柄《あいだがら》や協力関係にあるときは互《たが》いの手を差し出し握り合うんだ」

「あ！　あくしゅかっ。しってるぞっ。アイツが言ってたやつだな！　いーぞいーぞ！」

妖精が俺の右手を両手で掴み、ぶんぶんと振る。

小さい手なのに、俺の腕《うで》がもげちゃいそうなほど力があった。

「……そういえばお前、名前はあるのか？」

握手を交《か》わしたあと、妖精が上目遣《うわめづか》いに訊いてきた。

「そりゃあるよ」

「なんて名前だ？　べ、別にしりたくないけど只人族の里に行くのに、アイツみたく『只人族』って呼ぶのも変だもんな！　別にお前の名前なんてしりたくないけどさっ！」

そう言うくせに、妖精はチラチラと見てくる。

強がっているけれど、俺の名前を知りたいようだった。

「俺は士郎《しろう》・尼田《あまた》」

「シローアマータか。変な名前だなっ」

「そこ繋《つな》げないで。士郎が名で、尼田が家名ね。友だちからは士郎って呼ばれてるよ」

「なら……友だちじゃないあたいは『アマータ』って呼べばいいのか？」

「士郎のが呼ばれ慣れてるって意味だったんだけどね」

「でもあたいは……と、友だちじゃないぞっ？」

「だね。どちらかというと運命共同体……いや、森を抜けるまでは隊長かな?」

「た、たいちょー?」

「そそ。隊長。森を安全に進むためには、君が指示を出して俺がそれに従うわけだからね」

「ふ~ん。親分みたいなものか?」

「あー、それそれ。そんな感じ」

「親分……あたいが親分か。へへっ、なんかいいなそれ! うん、気に入ったぞ!!」

妖精は何度も頷き、

「いまからあたいはお前の親分だ!」

びしっと俺を指差した。

「そこはもう決定なのね」

「あたり前だっ。あたいは命の恩人なんだからな! そ、それにあたいがいないと森を進めないだろっ」

妖精がえっへんとする。

「わかったよ。森を抜けるまで俺《おれ》は君の子分だ」

「き、君じゃなくて『親分』って呼べよな。それに森を抜けてもあたいは親分のままだ!」

「お、親分」

「くふふっ。なんかムズムズするなっ。も、もう一回呼んでみてくれっ！」

「よっ、親分！」

「くぅ〜〜〜っっっ。よ、よーしっ。それじゃシロウ――あっ、あたいは親分なんだから、お前のこと『シロウ』って呼ぶからな？　親分なんだしいいよな？　嫌《いや》とは言わせないけどなっ。親分だから！」

「それでいいよ」

「うんうん！　あたいは優《やさ》しい親分だから、あたいのこと……し、信頼《しんらい》していいからなっ」

「それよりオヤビン」

「お、や、ぶ、んっ！」

ちょっとボケたら、すぐにツッコミが入った。

親分のほっぺがぷくーと膨《ふく》らむ。

「親分」

「それだそれっ。ちゃんとそう呼ぶんだぞ！　それで――なんだシロウ？」

「親分の名前を教えてもらっていいでゲスか？」

「な、なんで変なしゃべり方になるんだよっ」

「いや、子分っぽいかなって」

「ダメだダメ！　『ゲス』は禁止だっ　禁止！」

「じゃあ語尾《ごび》に『ズラ』ってつけたほうがいいズラか？」

「ズラも禁止だっ！」

俺はコホンと咳払《せきばら》い。ならばと仕事モードに切り替《か》える。

「わかりました。命の恩人である親分には、この士郎・尼田、子分として誠心誠意尽《つ》くさせてもらいます」

「その喋《しゃべ》り方《かた》も好きじゃないから、ダ、ダメだぞっ。親分の命令だぞっ」

「んー、でも俺、君の子分なんだよね？」

「シロウは子分だけど、とも――ああっ！　もう！　とにかくダメだ！　変なのは禁止！もっとフツーに喋ってくれ！　フツーに！」

「わかったよ。そんじゃ元に戻してっと」

俺は親分を真《ま》っ直《す》ぐに見つめ、問いかける。

「親分、親分の名前を俺に教えてもらえるかな？」

「あたいはパティ・ファルルゥ。これからよろしくなシロウ！」

話し方を戻すと、親分――パティは嬉しそうに微笑《ほほえ》み名乗りを上げるのだった。

◇◆◇◆◇

自己紹介《じこしょうかい》が済んだところで、今更《いまさら》ながら全身びしょ濡れなことを思い出す。

「ハーーーックションッ！　うぅ、さすがに冷えてきたな」

すでに日は落ち、気温も下がってきた。

まだ暖かい季節とはいえ、濡れたままでは風邪《かぜ》をひいてしまう。

俺一人ならばーちゃんの家に帰って熱い風呂《ふろ》に入り、パジャマに着替《きか》えて布団《ふとん》に入って眠《ねむ》りにつくところなんだけど……。

さすがにパティの前で異世界《日本》へ繋がるゲート《ふすま》を出すわけにはいかないよな。

「ど、どうかしたかっ？」

視線に気づいたパティが小首を傾《かし》げる。

「いや、ちょっと考え事してただけ」

「そ、そうかっ。そういえばクシャミしてたな。さ、寒いのか？　いま枝を集めてきてやるぞっ。ここで待ってるんだぞっ」

「あ、ちょ――」

「いま薪《まき》を集めてきてやるからな～～～～～――――……」

止めるまもなく、パティはどこかへ飛んでいってしまうのだった。

◇◆◇◆◇

焚《た》き火《び》からパチパチと音が聞こえてくる。

あの後、パティは大量の枯《か》れた枝を抱《かか》えて戻ってきた。

俺は枝を積み重ね、マッチを使って火を熾《おこ》す。

予備のTシャツに着替えて、濡れた服は焚き火に当てて乾《かわ》かし中だ。

「モンスターはあちこちにいるから気をつけろよっ。でも心配いらないぞ。あたいが一緒《いっしょ》にいるからな！」

パティがえっへんとする。

親分として、か弱い子分を守ろうとしてくれているのかも知れないな。

「わぁーい。親分たのもしー」

「お、おい！　心がこもってないぞっ」

「あはは。ごめんごめん。でも頼《たの》もしいのは本当だよ？　俺一人じゃ……」

あたりを見渡《みわた》す。

右手には見渡す限りの森。左手には死にかけた川。

前後も森で、あちこちにモンスターがいるという。

「途方《とほう》に暮れてただろうからね」

「そ、そうかっ」

「うん」

上流に目をやる。

川に落ちてから、どれだけ流されたのかわからない。いや、それよりもみんなは無事だろうか？

俺を守る必要がなくなったから大丈夫《だいじょうぶ》だとは思うけれど、どうか無事でいてほしい。

俺の目線を追い、パティの目も上流に向けられる。

「……仲間のところに戻りたいのか？」

「そりゃ『仲間』だからね。いまごろ俺のことを捜しているかもしれないし。親分が友だちに会いたいように、仲間も俺と会いたがってると思うんだ」

「そ、そうか」

パティは腕を組み、「うーん」と悩《なや》みはじめる。

たっぷり悩んだあと、

「わかった。あたいは親分だからなっ。シロウのためにシロウの仲間を捜す手伝いもしてやろうじゃないかっ」

「え、いいの？」

「しょうがないだろ。あたいは親分なんだから」

パティの顔がちょっと赤いのは、焚き火のせいだけじゃなさそうだ。

「それより腹減ってないか？」

そう言うとパティは、なにもない空間に手を入れ、リンゴみたいな果物を取り出した。

「ちょっ！　親分いまのは――」

「なんだ、シロウは空間収納《くうかんしゅうのう》を見るのははじめてか？」

「いや、はじめてってわけじゃないんだけど……親分は空間収納のスキルを持ってるんだ」

「妖精族はみんななにかしらスキルを持ってるぞ。空間収納だって妖精族じゃ珍《めずら》しくない」

「マジか……」

妖精族すげー。

「シロウはあたいの子分だからな。特別にこれをやるよ」

パティはそう言うと、取り出したリンゴのような果物を俺の頬にぐいぐいと押《お》しつけてくる。

「あとこれもやるから飲め。体が温まるぞっ」

リンゴ（?）に続いて受け取ったのは、ひょうたんみたいな果実だった。

軽く振ってみると、中からちゃぽちゃぽと音が聞こえた。

よく見れば、果実の先端《せんたん》がコルクみたいなもので蓋《ふた》をされている。

「親分、これ飲み物？」

「あたいが作った蜂蜜酒《はちみつ》だよ」

「へぇえ」

「は、蜂蜜酒は嫌《きら》いかっ？」

「飲んだことがないからわからないな」

「な、なら飲んでみろ！　すっごく美味《うま》いんだぞ！」

「じゃあちょっとだけ……」

蓋を開け、ひと口分ごくりと。

「っ⁉」

パティがくれた蜂蜜酒は、いままで俺が飲んだどんなお酒よりも美味《おい》しかった。

「マジか。……親分、これすっごく美味しいよ！」

「くふふ。だろ？　まだあるからな。も、もっと飲んでいいぞ！」

「ありがと親分！　いっただっきまーす！」

蜂蜜酒はアルコール度数がちょっと高め。

胃のあたりがポカポカと温かくなる。

果物を肴《さかな》に、パティと一緒に蜂蜜酒を存分に堪能《かんのう》する。

とても幸せな時間だった。

◇◆◇◆◇

「親分ごちそうさまでした！」

感謝を示すため、手を合わせ頭を下げる。

「よし。食べたら今日はもう休めっ。朝になったら上流に向かうぞ。お前たち只人族は飛べないんだから、しっかり歩くんだぞっ」

「でも見張りをする人がいないと危ないよね？　俺が見張りをするから親分こそ寝《ね》ていいよ」

「バカ言え。只人族なんかに見張りを任せられるか。あたいが見ててやるから、シロウはもう寝るんだ。お、親分の命令だぞっ」

「親分の命令？」

「そうだっ。親分の言う事はぜったいなんだぞっ」

「絶対？」

「そ、そうだっ。ぜったいなんだからな！」

「……」

「な、なんで黙《だま》るんだよっ？」

「親分の言うことはー？」

「ぜったい!!」

俺のフリに対し、パティが百点満点の回答をする。

まるで噂《うわさ》に聞く王様ゲームみたいなノリだった。

俺はくすりと笑う。

「わかったよ。なら親分のお言葉に甘《あま》えて寝させてもらうことにしようかな」

「親分の言うことはぜったいなんだからなっ。ぜったい！　だからしっかり寝るんだぞっ」

「……親分」

「なんだ？」

「ありがとね」

「……あ、ああっ」

こうして俺は木にもたれかかり、妖精を肩に乗せたまま眠りにつくのでした。

第六話　仲間との再会

翌日。

「それでな、このジギィナの森にはあたいたち妖精族《フェアリー》の他にもいろんな種族がいるんだ。ゴブリンだろ。オークだろ、あとおっかないオーガなんかもいるぞ。他にも――

……」

俺とパティは、川の上流を目指して川沿いを歩いていた。と言っても、歩いているのは俺だけ。

パティは俺の近くを飛び回り、たまに肩に座ったり、勝手に頭の上に寝転《ねころ》がったりと、それはそれは自由に過ごしていた。

曰《いわ》く、親分だから当然の権利とのこと。

一方で飛ぶことができない俺は、草木をかき分け道なき道を征《い》くのみ。

地面の起伏《きふく》が激しいからか、歩くだけで体力がゴリゴリと削《けず》られていった。

「あとはずーっとあっちにいくとエルフの里があるな。あいつら自分たちの里にだけ結界を張ってるんだぞ。ずるいと思わないか？　結界の外にはめったに出てこないんだけどな、前にあたいがあいつらの里の近くを通ったときにさ――……」

危険なモンスターがあちこちにいる森だというのに、パティは移動中ずーーーっと話し続けていて、

「……歩《ある》き疲《つか》れたからちょっと休んでいいかな？」

「またか？　し、仕方ないな。ちょっとだけだぞっ」

「ありがとオヤビン」

「お、や、ぶ、ん！　ほら、そこの木で休めそうだぞ。……でなでな、バブーナの花の蜜《みつ》は変な味がするんだ。あたい前に一度だけ間違《まちが》って舐《な》めちゃったことがあってな――……」

休憩《きゅうけい》中もやっぱり話し続けていた。

これは妖精族特有のものなのか、それともパティの個性なのかはわからない。

ただ、俺と話しているときのパティはずっと楽しそうな顔をしていた。

会話をすることで収穫《しゅうかく》もあった。

おそらくは冒険者《ぼうけんしゃ》たちも知らないであろう情報。

森に生息するモンスターの種類や、森に里を持つ種族。

なにより俺たちが『大森林』と呼んでいたこの森が、『ジギィナの森』という名だったことには驚《おどろ》いた。

なんでも、パティが生まれるずーっと昔は森なんかなく、『ジギィナ』と呼ばれる国があったそうだ。

その国が滅《ほろ》び、長い年月をかけて草木がボーボーの森になり、その地に住み続けた種族たちに『ジギィナの森』と呼ばれるようになったらしい。

古代《こだい》魔法文明《まほうぶんめい》時代の国かなと訊いてみたけれど、「生まれる前のことあたいが知るわけないだろっ」と、怒《おこ》られてしまった。

パティの見た目は一四歳《さい》ぐらいだから、滅んだ国のことを知らないのは当然だし、なんなら森ができる前の伝承なんかも途絶《とだ》えていておかしくはないか。

「うっし。また歩きますか。親分もいい？」

立ち上がろうとしたところで、パティが人差し指を口元にあてる。

静かにしろ、というジェスチャーだ。

俺は口を閉じ、物音を立てないようじっとする。

――――ガサガサガサッ。

数メートル後ろを、大きななにかが通り過ぎていく。

――――ガササッ。ガササササッ。ガササガサガサッ。

息を殺し、ぎゅっと目をつぶる。

三〇秒。

……一〇〇秒。

…………………五分。

「……もういいぞ。通り過ぎた」

「っぷはぁ」

空気を吸い込み、後ろを振り返る。

踏《ふ》まれた地面が、足跡《あしあと》のような大きなくぼみを作っていた。

「……なにが通り過ぎていったか訊いてもいい？」

「やめておいたほうがいいぞ。知ったら怖《こわ》くて一歩も進めなくなるかもしれないからな」

「そうですか」

「でもお前がど、どうしても！　って頼むのなら、お、教えてやってもいいけどなっ」

すまし顔のパティが、チラッチラッと俺の反応を窺《うかが》ってくる。

どうやら話したいみたいだ。しかし、俺は首を振る。

「やめとくよ。一歩も進めなくなったら困るからね」

「そ、そうか。なら早く立て！　日が暮れちゃうだろっ」

「へいへい」

立ち上がり、再び歩き出す。

自慢《じまん》するだけあって、パティの危険察知能力は凄《すご》かった。

いまみたいに危険なモンスターの存在を察知すると、近づく前に隠《かく》れてやり過ごすのだ。

パティと一緒じゃなければ、無事に森を進む事なんてできなかっただろう。

「親分がいなかったら、俺一〇回は死んでたよ」

冗談《じょうだん》めかしてそう言ってみたら、

「なに言ってんだ？　一〇回ぽっちで済むもんか。あたいがいなかったらシロウは一〇〇回は死んでるぞ」

との答えが返ってきた。

パティが冗談を言っている様子はない。つまり、パティがいなかったらマジで一〇〇回は死んでたってことだ。

パティに出会えてよかった、心からそう思った。

「さあ行くぞ。シロウの仲間が心配してるぞっ」

パティに急《せ》かされ森を進む。

丸一日歩き続け、ひたすら上流を目指す。

そして夕暮れに差《さ》し掛《か》かった頃《ころ》だった。


「シロウ、なんか来るぞ。隠れろ」

「オッケー」

パティに指示され木陰《こかげ》に隠れていると、

「おーーーーい!!　どこにいるにゃーーーー!!」

どこからか聞き覚えのある声が聞こえてきた。

「いまのは……キルファさん？」

「私達の声が聞こえるなら返事をしてくださいっ！」

「どこだあんちゃーーーーん!!　死んでたら承知しないからなーーー!!」

「………『死ぬ』とか言わない」

「わ、悪《わり》ぃ」

「…………生きてる。絶対に生きてる」

聞こえてきたのは、大切な仲間たちの声。

心の奥底《おくそこ》から、こみ上げてくるものがあった。

「ロルフさん……ライヤーさん……ネスカさん……みんな……みんな……っ」

気づくと俺は立ち上がっていた。

すぐにパティが止めにきた。

「バ、バカ。なに立ち上がってるんだよっ」

焦《あせ》るパティ。そんなパティに、「大丈夫だから」と伝える。

パティは数秒の間を置いて、

「……シロウの仲間か？」

と訊いてきた。

「ああ。俺の大切な友だちだよ」

「……そうか。よかったな、友だちが見つかって」

パティは、まるで自分のことのように喜んだ。

でもなぜか、少しだけ寂《さび》しそうな顔もしていた。

◇◆◇◆◇

「ここでーーーす!!　士郎《しろう》はここにいまーーーーーーす!!」

木陰から飛び出し、声を張り上げる。

五〇〇メートルほど先に、蒼《あお》い閃光《せんこう》の四人がいた。

「っ!?　シロウ!!　ふにゃ〜〜〜ん!!　シローーーーーウッ!!」

五〇〇メートルもの距離《きょり》を僅《わず》か十数秒で走《はし》り抜《ぬ》けるキルファさん。

オリンピック選手もびっくりな速度。

全力疾走《しっそう》で駆《か》け寄《よ》ってきたキルファさんはそのまま——

「シローーーーーーウ!!」

「キルファ——んぷっ」

弾丸《だんがん》のような勢いで抱《だ》きついてきた。

「シロウ——シロウ!!　よかったにゃあ!　よかったにゃぁぁぁ!!」

キルファさんが生み出した運動エネルギーはかなりのもので、男とはいえ日本育ちのもやしっ子が受け止めきれるはずもなく、

「シロウシロウシロウ！　もう離《はな》さないにゃ！　絶対に離さないにゃ!!　ボクずっとくっついて――――ッ!?」

「いったん落ちつ――――ッ!?」

――ボチャンッ。

抱きつかれた俺は足を滑《すべ》らし、再び川へ。

こんどはキルファさんと一緒になって流されていくのでした。

第七話　状況確認《じょうきょうかくにん》

川をどんぶらこと流されかけていた、俺とキルファさん。

ロルフさんが投げたロープにより、無事救出された。

「あんちゃん……ホントに、ホントに無事でよかったぜ」

「これも神々のご意志でしょう」

「……………わたしは信じてた。シロウが生きてると」

「シロウと離《はな》れ離《ばな》れになるぐらいなら、ボクも川に飛び込めばよかったにゃあ」

四人に囲まれ、再会を喜び合う。

俺は安堵《あんど》から涙《なみだ》が出そうになっていたけれど、それは四人も同じだったみたいだ。

「あんちゃんが見つからなかったから、おれは……おれはよぅ」

「……………わたしはシロウに助けられてばかり」

「己《おのれ》の無力を恥《は》じるばかりです」

「もーボクから離れちゃダメだよ？」

みんな目に涙を浮《う》かべていた。

四人との間に確かな絆《きずな》を感じた瞬間《しゅんかん》だった。

「ご心配をおかけしました」

「あんちゃんは何も悪かねぇ。悪いのは守れなかったおれたちだ」

悔《くや》しそうに拳《こぶし》を握《にぎ》るライヤーさん。

「…………シロウ、あのときは助けてくれてありがとう。それと……ごめんね」

「あんちゃんがネスカを突《つ》き飛《と》ばしてくれなきゃ、今ごろエライことになってたかもしれねぇ」

ライヤーさんとネスカさんは視線で示し合わすと、同時に頭を下げてきた。

「あんちゃん、ネスカの命を助けてくれてありがとう。パーティリーダーとして、なによりネスカの恋人《こいびと》として礼を言わせてくれ！　本当に——本当にありがとう！」

「…………シロウのおかげでわたしは命を救われた。これで二度目。この恩はいつか必ず返す。…………シロウ、ありがとう」

「ちょっ、頭を上げてくださいよ」

「いいや、こんなんじゃ足りねぇ。あんちゃんにはいくら礼を言ったって足りねぇんだ。ありがとなあんちゃん。そしてすまなかった！　あんちゃんを危険な目に遭《あ》わせたのは、全部リーダーであるおれの責任だ。ギルドに報告するときは全部おれの責任だったと伝えてくれ！」

あのライヤーさんが、真剣《しんけん》に頭を下げている。

「それは違《ちが》うにゃ。ライヤー、ボクたちは仲間でしょ？　失敗も成功もみんなで分けっこしないとダメなんだにゃ」

「…………パーティの責任はパーティのもの」

「でもよぉ、おれはリーダーなんだぜ？　リーダーってのはミスしたら責任取らなきゃいけない立場だろ」

「ライヤー殿《どの》、私たちはパーティ――仲間なんです。共に歩み、共に成長していく仲間なんです。失敗を犯《おか》してしまった時は、みなで反省すればいいのですよ」

悔《く》いるライヤーさんをみんなが慰《なぐさ》める。

俺はにやりと笑い、それに乗っかることに。

「そうですよライヤーさん。俺たちは仲間なんでしょ？　蒼い閃光がミスしたって言うのなら、それは一緒にいた俺のミスでもあります。かっこつけて一人で責任を背負い込むなんてさせませんからね」

しれっとした顔でそう言うと、

「「「「……」」」」

四人ともぽかんとした顔をしていた。

「な、なに言ってんだ。だってよ、あんちゃんはおれたちのせいで――」

「ライヤーさんこそなに言ってんですか。あれだけ仲間だ友だちだと俺をその気にさせといて、肝心《かんじん》なときは仲間外れにするんですか？」

「い――いやいやいや！　待て待て、待ってくれあんちゃん！　確かにあんちゃんは仲間だ。俺たちの大事な仲間だよ。でもよぉ、それとこれとはなぁ……」

「ひどい！　口では仲間と言っても、ホントは俺の心を弄《もてあそ》ぶのが目的だったのねっ。ライヤーさんのいけず！　リア充《じゅう》！　もうマッチ売ってあげないんだからっ」

「だから待てって！　あんちゃんさっきから――ふがっ」

なおも食い下がろうとするライヤーさんの口を、キルファさんが塞《ふさ》ぐ。

「まーまーライヤー。シロウがこう言ってるんだにゃ」

「………いまはシロウの好意に甘えるべき」

「はっはっは。シロウ殿は徳が高いですな。神に仕える身として私も見習わなければ」

「好意でもなんでもないですよ。みんなが俺を必死になって護《まも》ってくれていたのは、護られていた俺が一番よくわかっています」

「いやいやあんちゃん、冒険者《ぼうけんしゃ》は結果でしか――」

「結果はもう出てるでしょう？　俺は無事です。そして仲間と合流できた。これ以上の結果がありますか？」

「うぐぐ……。前から思ってたけどよ、あんちゃん口が達者だよな」

「そりゃ商人ですからね」

俺はドヤ顔をキメ、続ける。

「とにかく、俺は無事だった。仲間とも合流できました。それでいいじゃないですか。結果だなんだと堅苦《かたくる》しいことを言うのはやめにしましょうよ。俺たちの――仲間内の間だけでもね。堅苦しいのは仕事だけで十分です。だから俺は冒険者ギルドに報告するつもりなんてありません。これっぽっちもね。この話はこれで終わりです！」

俺はやめやめとばかりに手をぱたぱた振《ふ》る。

これは俺の本音だ。仲間内だからこそ、ただ再会できたことを喜べばいい。

「あんちゃん……ああっ、わかった。わかったよ！　あんちゃんがそう言うならそれでいい」

「やっとわかってくれましたか」

ライヤーさんが頭をガシガシとかきむしる。

俺がなにを言っても聞き入れないことを、やっと理解してくれたようだ。

「ま、ギルドはいいとしてもよ、あの町長にバレたらしこたま怒られるだろうけどな」

現状俺は、ニノリッチに居を構える住民という立場にある。

そしてニノリッチの住民が危険な目に遭うことを、町長のカレンさんは良しとはしないタイプだ。

「……」

バレるかな？
バ、バレないよな？
でもアイナちゃんに「蒼い閃光と森に行ってくるね」って言っちゃったんだよな。

「……」

カレンさんの怒った顔が思《おも》い浮かぶ。

……ちょっと怖い。いや、けっこー怖い。ただただ怖い。

「こうしてあんちゃんが生きてたんだ。町長にバレたときはいくらでも怒られてやんよ」

「ライヤー殿、共に怒られましょう」

開き直ったかのようにライヤーさんが言い、ロルフさんが同調する。

なのに、

「ボ、ボクは遠慮《えんりょ》しとくにゃ」

「………わたしの分はライヤーに任せた。しっかり怒られてきて」

女子チームのまさかな発言に、ライヤーさんが目を剥《む》いて驚く。

次いで俺《おれ》の肩《かた》を掴《つか》み、

「あんちゃん！　あんちゃんは一緒に怒られてくれるよな？」

「いやー、俺は冒険者じゃなくてただの商人ですからねー。カレンさん、俺のことも怒ってくれるかなー」

「そりゃないぜあんちゃん……」

ショックから膝《ひざ》をつくライヤーさん。

ロルフさんはその背を叩《たた》き、「神に祈《いの》りましょう」と慰めていた。

◇◆◇◆◇

「そういえば、あのモンスターはどうなったんですか？」

ひとしきり再会を喜んだあとは、互《たが》いの状況確認へ。

「きっちり返《かえ》り討《う》ちにしてやったぜ。と言っても、あんちゃんの炎《ほのお》を噴《ふ》くアイテムで数を減らしてなきゃ、やばかったけどな」

ライヤーさんの話によると、俺が流されたあとなんとか全滅《ぜんめつ》させたそうだ。

「しっかし、あんちゃんこそよく一人で無事だったな。おれたちはここまでに来るのに何回もモンスターと戦ったんだぜ」

「そうにゃそうにゃ。手強《てごわ》いモンスターなんかもいたんだにゃ」

ライヤーさんの言葉に、キルファさんがうんうんと同意する。

「それなんですけど、運よく助けてくれた人がいまして」

「「「「助けてくれた人?」」」」

四人が聞き返してくる。

「ええ、あそこにいます」

俺がちょっと離れた場所を指さす。

四人は俺が指し示した先を視線で追う。

そこには、

「っ……」

木陰から顔を半分だけだしたパティが、こちらを窺っていた。

まるでグループで遊んでいる子供たちに、「いーれーてー」が言えない恥ずかしがり屋《や》の子供みたいだった。

「「「っ⁉」」」

パティを見た四人の目が見開かれる。

「……あ、あんちゃんよ」

「なんでしょう？」

「おれの目の錯覚《さっかく》かもしれないけどよ、あの女の子……え、えらく小《ち》っちゃくねぇか？

それとも手前の木がとんでもなくデカイのか？」

ゴシゴシと目を擦《こす》りながらライヤーさんが訊《き》いてくる。

「そりゃ妖精族ですからね。背丈《せたけ》もこんぐらいしかありませんし」

俺は手を使ってパティのサイズ感を伝える。

だいたい三〇センチほど。

「「「……」」」

手の幅《はば》を見た四人がまた黙り込む。

「実は川から助けてくれたのも彼女《かのじょ》なんですよ。いま紹介《しょうかい》しますね。おーい！　そんなとこで見てないでこっちおいでよー！」

俺はパティを手招き。

「うぅ……あ、あたいもそっち行っていいのか？」

「じゃないと紹介できないでしょ。みんないい人だから緊張《きんちょう》しなくて大丈夫だよ」

「……わ、わかった」

ゆっくり、ゆっくりと近づいてきたパティ。

散々迷ったあと、俺の肩に降りた。

「紹介します。こちら俺の命を助けてくれた、パティ親分です」

「「「「親分？」」」」

蒼い閃光の四人が、同時に首を傾《かし》げる。

角度がまったく同じなのは仲良しの証《あかし》だ。

「そんで親分。この人たちが俺が探していた仲間ね。はじからライヤーさん、ネスカさん、ひとつ飛ばしてロルフさん」

「……なんでボクのこと飛ばすにゃ？」

「軽いジョークですよ。親分、こちらの猫獣人《ケットシー》の彼女がキルファさんね」

「そ、そうかっ。よよよ、よろひゃくな！」

緊張からか、噛《か》みながら挨拶《あいさつ》するパティ。

挨拶された蒼い閃光の四人は、なんと返していいか悩んでいる様子。

「…………シロウ、説明を求める」

とネスカさん。

「説明、といいますと？」

「あんちゃん、妖精族ってのはな、めったに他の種族の前に姿を現さないんだ。幻《まぼろし》の種族って呼ばれるぐらいにな」

「そうなの親分？」

「まーな。そもそもあたいたち妖精は、掟《おきて》で里から出ることが禁止されてるしな」

しょっちゅう里を抜け出《だ》しているらしいパティが、あっけらかんとした顔で言う。

その顔には、まるで悪びれた様子がなかった。

きっと俺の親分は妖精界隈《ようせいかいわい》のアウトローなんだろう。

「…………妖精族はとても珍しい種族。それがいま、わたしたちの目の前にいる」

ネスカさんがちょっと頬《ほお》を高揚《こうよう》させている。

予期せぬレア種族との会合に興奮しているようだ。

「そうだったんですか。ギルドの名前が『妖精《ようせい》の祝福《しゅくふく》』だから、もっとあちこちにいるもんだと思ってましたよ」

「なんであたいたち妖精が只人族《ヒューム》を祝福しないといけないんだよ？」

パティが不服そうな顔で訊いてくる。

俺は肩をすくめて答えた。

「さあね。どっかの妖精が祝福したのがはじまりとかじゃないかな?」

そんな思いつきを口にすると、蒼い閃光の四人は目をパチクリ。

きょとんとした顔でこっちを見ているぞ。

「あんちゃん、知らないのか?」

「な、なにをですか?」

「こりゃマジで知らねぇみたいだな」

「驚いたにゃ」

「………シロウの知識には偏《かたよ》りがある」

「ボクが教えてあげるにゃ。ええとね、妖精の祝福ってゆーのはね、もともとお酒の名前なんだにゃ」

キルファさんが説明をはじめた。

いつもは知らないことがあるとネスカさんが教えてくれるから、ちょっと新鮮《しんせん》。

「妖精族だけが作ることができるお酒に『フェアリーミード《妖精の蜂蜜酒》』ってゆーのがあってね、そのお酒のことを妖精の祝福と呼ぶこともあるんだにゃ」

「…………妖精の祝福は、フェアリーミードの別称《べっしょう》」

「フェアリーミードはほっぺたが落っこちるほどおいしいって話にゃ」

「…………いつか飲んでみたい」

キルファさんとネスカさんが、目をトロンとさせて言う。

「ああ、親分がくれたあの蜂蜜酒ですか。確かにめっちゃ美味しかったですね」

「だろ？　あたいが作ったんだからとーぜんだけどなっ」

この発言に四人が再び固まった。

「…………シロウ、『フェアリーミード』を飲んだの？」

ネスカさんが訊いてくる。なんか目が怖い。

俺は戸《と》惑《まど》いながらも頷《うなず》く。

「え？　ええ。親分がくれたんで」

「「「「っ⁉」」」」

四人が一斉《いっせい》にパティを見た。

急に視線が集まったパティは、首をぶんぶん。

「も、もうないぞ！　シロウとあたいで飲み干しちゃったからな！」

慌《あわ》てたように言っていた。

「シロウだけずるいにゃ！　ボクも飲みたいにゃ！」

「マジかあんちゃん！　フェアリーミードってのはな、一杯《いっぱい》で城が買えちまうぐらい価値がある酒なんだぞ！　確か最後にフェアリーミードが競売にかけられたのは……」

「ギルドの資料によると、およそ二〇〇年前と記されていましたね」

ライヤーさんの記憶《きおく》の抜け落《お》ちた部分を、ロルフさんが埋《う》める。

「そうそう！　二〇〇年だ、二〇〇年。二〇〇年間だーれも飲んだことのない伝説の酒を、あんちゃんは飲んだってのかよ⁉」

ライヤーさんが興奮したように訊いてきた。

その顔には、「おれにも飲ませろ」と書かれていた。

「の、飲んじゃいました。それもわりと豪快《ごうかい》に……」

「「「「……」」」」

俺の言葉に、四人が言葉を失う。

代わりに、

「シ、シロウはあたいの子分だからな！　だから特別だったんだぞ！　こ、子分だからあたいの蜂蜜酒をわけてやったんだからなっ」

何故《なぜ》か、パティが必死になって弁明してくれていた。

◇◆◇◆◇

俺は蒼い閃光の四人に、パティと出逢《であ》ったいきさつを話した。

話し終えると、

「なるほどな。そういうことだったのか」

「…………妖精族に助けられるなんて驚き」

四人ともびっくりしていた。

「つーことは、そっちの妖精の嬢《じょう》ちゃんに礼を言わないとだな。パティ……って呼んでいいか？」

「い、いいぞっ」

「パティ、あんちゃんを――おれの大切なダチを助けてくれてありがとう。礼ってわけじゃないが、おれたちにできることがあったらなんでも言ってくれよな」

「あ、それならライヤーさん、ニノリッチに戻《もど》ったら人捜《ひとさが》しを手伝ってくれませんか？」

「あん？　人捜し？」

「です。親分が只人族の友だちを捜しているんですよね」

俺はライヤーさんたち四人に、パティが捜している人の特徴《とくちょう》を伝える。

「目と髪《かみ》が青ねぇ。人捜しする特徴としちゃ弱いな。誰《だれ》か心当たりあるか？」

ライヤーさんの問に、他の三人が首を振る。

心当たりはないらしい。

モンスターを狩《か》るため森に入っていた人らしいから、ひょっとしたら冒険者かもと思ったんだけどね。残念。

「ま、おれは人の顔と名前を覚えるのは苦手だし、そもそもおれたち冒険者仲間以外との交流はそんなないからなぁ」

と、頭をかきながらライヤーさん。

「ふーむ。となると住民の可能性もあるわけですね」

「しっかし、なんだってそんなヤツをあんちゃんが捜してるんだ？」

「親分には命を助けられましたからね。お礼にお手伝いをしようと思って」

「ああ。そゆことか」

「ええ。そゆことです」

「妖精の手伝いだなんて、あんちゃんは面白《おもしれ》ぇことしてるな。吟遊詩人《ぎんゆうしじん》の詩に出てくる英雄《えいゆう》みたいだな。ったく、一人だけ楽しい人生送っててズルイゼ」

「あはは、自分でも愉快《ゆかい》な人生送ってると思いますよ」

ライヤーさんはひとしきり笑ったあと、パティに顔を向ける。

「わかった。あんちゃんを助けてくれたお返しに、そいつを捜すのを手伝わせてくれ」

「い、いいのか？」

「おうよ。いくらでも手伝わせてもらうぜ」

「だそうです」

パティの顔に喜びが広がった。

きっと、友だちが見つかったらもっと喜ぶんだろうな。

「それじゃ、無事合流できたところでニノリッチに戻りますか！」

そう言い、蒼い閃光と一緒《いっしょ》に歩き出す。

一〇歩ほど進んだところで違和感《いわかん》に気づき、足を止める。

「……親分、なんで離れてついてくるの？」

振り返ると、パティは俺たちから数メートルほど距離を置いていた。

戸惑ったような顔でこちらを見ている。

「そ、そのっ。あ、あたいもシロウたちといっしょに行っていいのかわからなくて……」

「行っていいに決まってるでしょ。ニノリッチに連れてくって約束したんだからさ。こっちに来なよ」

俺は自分の肩を指差す。

ここに座《すわ》ってくれとジェスチャーだ。

「シロウ……」

「それともいまみたく距離置くほうがいい？」

「ダ、ダメだぞ！　距離置いちゃダメだぞ！」

即答《そくとう》だった。

こうして俺は、パティを肩を乗せニノリッチを目指すのだった。

第八話　母娘《おやこ》の絆

木々の切れ間からニノリッチが見えはじめた。

あと少しで森を抜ける。

時刻は夕方。沈《しず》みかけの太陽が、ニノリッチの町並みを茜色《あかねいろ》に照らしていた。

「す、すごい！　只人族《ヒューム》がたくさんっ、たくさんいるぞ！　見ろシロウ！　ほら只人族があんなにいるぞほらっ」

妖精《ようせい》族は目がいいのか、まだ距離があるのにパティの目には住民の姿が映っているみたいだ。

「只人族の里があんなに大きいなんて……。あたい知らなかったよ」

蒼《あお》い閃光《せんこう》と再会できた俺は、パティを連れて第二の故郷ニノリッチを目指した。

道中で一泊《いっぱく》し、朝早くに出発。半日森を歩き続け、ニノリッチまであと少し。

予定より、一日半遅《おく》れの帰還《きかん》となった。

「なあなあシロウ！　はやっ、はやく只人族の里に行くぞっ」

「…………『里』ではない。あの規模の集落は『町』と呼ぶ」

「マチ？」

「…………そう、町。集落の規模によって村、町、都市と呼び方が変わる。覚えておくといい」

ネスカさんのレクチャーに、パティが肩をすくめた。

「ネスカは細かいな。ぜんぶ里でまとめればいいのにさ」

「名称《めいしょう》によって規模がわかるから便利なんだけどね。それより親分、」

俺は背負っていたリュックの紐《ひも》を解き、口を開ける。

「町に入る前に隠れてもらっていい？」

「お、そうだったなっ」

ぽんと手を叩いてから、パティが俺のリュックに入った。

「……隠れたぞ」

妖精族は希少な種族。

その存在が明るみになると面倒《めんどう》なことになる、と言ったのはネスカさん。

曰《いわ》く、希少な種族でランキングを作るのなら、幻獣《げんじゅう》の次ぐらいに珍《めずら》しいとのこと。

俺にはさっぱりわからないけれど、めちゃくちゃ珍しい種族ということだけはわかった。

過去には、希少種の存在に起因する事件がいくつもあったそうだ。

面倒事を避《さ》けるためにも、人がいる場所ではリュックの中に隠《かく》れてもらうことにしたのだった。

「親分、他の人に見つからないようにしてよ？」

「わかってるよっ。それより早く里に行くぞっ。ほら早く！」

「…………町」

ネスカさんがぼそっと言う。

「マ、マチにいくぞっ。マチに！」

パティがリュックから頭を出し急かしてきた。

俺の頭を後ろからぺちぺちと。

「ほら行けシロウ！」

「だっはっは。子分は辛《つら》いなあんちゃん」

「まったくですよ」

「あ、あたいは恩人だからいいんだぞっ」

「厚かましい恩人なんだにゃ」

「きぃーーーーっ」

こうして俺たちは、ワイワイしながら森を抜けるのだった。

◇◆◇◆◇

夕日に照らされたニノリッチ。

町の入口に着くと、思いがけないことが待っていた。

「シ……ウ……おぃ……ちゃん？」

「アイナちゃん？」

そうなのだ。

町の入口にアイナちゃんがいたのだ。

その隣《となり》には、ステラさんの姿も。

「アイナちゃん、なんで――」

ここにいるの？　そう訊くよりも早く、アイナちゃんが胸に飛び込んできた。

アイナちゃんの頭蓋骨《ずがいこつ》が俺の胸骨にあたり、ゴスっと音がする。まるでタックルだ。

「ア、アイナちゃ――」

「ん……くふぅ……うぅぅ……おにいちゃぁん……んっく……おにいちゃあん……」

「……アイナちゃん」

俺の胸のなかで、アイナちゃんは顔をくしゃくしゃにして泣いていた。


――どうしてここにいるの？


そんなの、訊くまでもなかったな。

アイナちゃんのことだ。きっと――いや、間違《まちが》いなく俺を待っていたに決まっている。

予定日になっても帰ってこない俺を心配して、ずっと――ずっと俺のことを待っていてくれたんだろう。ステラさんと一緒に。

「シロウさん、やっと帰って来てくれましたね」

隣まで来たステラさんが言う。

胸を撫《な》で下《お》ろしたように見えたのは、気のせいではないだろう。

「ステラさん……えと、戻ってくるのが遅れてすみませんでした」

「その言葉はアイナに言ってあげてください」

「……はい」

俺は頷き、泣きじゃくるアイナちゃんの背中をさする。

「アイナちゃん、帰ってくるのが遅くなってごめんね」

「……」

アイナちゃんはぶんぶんと首を振った。

まだ八歳《はっさい》の子供。けれど、アイナちゃんは俺なんかよりもずっと察しがいい。

言われずとも、俺が危ない目に遭ったことに気づいているのだ。

「心配させちゃったね。ホントごめん」

「ちが……うよ。シロ……ちゃん」

「違う？」

アイナちゃんは涙を拭《ぬぐ》い、こくりと頷く。

「ごめ、……んね……じゃ、なくて、ね、んっく……アイナ……はね、」

しゃくりあげ、途切《とぎ》れ途切れになりながらもなにかを言おうとするアイナちゃん。

俺は、アイナちゃんがなにを言おうとしているかわかった。

だから――

「アイナちゃん、ただいま」

笑顔《えがお》でそう言うと、アイナちゃんは、

「……うん！」

と、泣きながら微笑《ほほえ》むのだった。

頭の後ろから、「子供を泣かすなよな──」と声がした。

◇◆◇◆◇

アイナちゃんの背中を擦《さす》っていたら、

「すー……すー……」

いつの間にか眠《ねむ》ってしまっていた。

「この子、昨夜は寝《ね》れなかったんですよ」

そう言うステラさんの目の下にも、黒ぐろと隈《くま》が浮かび上《あ》がっていた。

母娘揃《そろ》って寝不足《ねぶそく》だったようだ。

ホント、心配かけてごめんなさい。

「さ、アイナ。お母さんがおんぶしてあげるわ」

「……ン」

俺の手を借り、ステラさんがアイナちゃんをおんぶする。

「ステラさん、俺が背負いますよ？」

「ふふ。ダメですよシロウさん。これは母親の特権なんですから」

「いやでも……重くないですか？」

「重いですよ。とても重いです。いつの間にかこんなに重くなって……子供の成長は早いですね」

「だったら俺が――」

「……もう少ししたら、わたしじゃアイナを背負えなくなると思います」

「……」

「だから、いまだけは……ね？」

ステラさんが寂《さび》しそうに笑う。

母親にとって、子供の成長は嬉《うれ》しさと寂しさが同居しているのかもしれないな。

「そう言われたらなにも言えなくなりますよ。でも限界が来たら教えてくださいね？　俺が代わりますから」

「ダメです。アイナは渡《わた》しません」

ステラさんがつーんとそっぽを向く。

「……頑固《がんこ》ですね」

「アイナの母親ですから」

「そっくりですよ。でもわかりました。辛《つら》くてもがんばってくださいね。応援《おうえん》してますから」

「はい。シロウさんの応援なら頑張《がんば》れそうです」

ステラさんはよいしょとアイナちゃんを背負い直す。

会話が一段落したところで、ライヤーさんが話しかけてきた。

「そんじゃあんちゃん、おれたちはギルドに行ってコイツを、」

ライヤーさんが手に持った袋《ふくろ》を持ち上げる。

ニノリッチ到着《とうちゃく》前に渡しておいた、アプサラの花が入った採取袋だ。

「売っぱらって来るぜ。いちおう訊いておくけど、あんちゃんも来るか?」

ライヤーさんの問いに、俺は首を振る。

「今回は遠慮しておきます」

答えを聞いたライヤーさんが笑う。

「だよな。ならあんちゃんの分はおれが預かっておくよ。それと背中の――」

ライヤーさんが俺のリュックを指差し、

「荷物のことは黙《だま》っとくから心配いらないぜ」

そのまま指を自分の口元にくっつけて、しーっとした。

「ありがとうございます。ネイさんにもよろしくお伝えください」

「エミィにはヨロシクしないでいいのか？」

「いいです！」

「だっはっは！　わかった。そんじゃまたな！」

「はい！　お疲《つか》れさまでした！」

「シロウばいばーい！」

「………………今晩はゆっくり休んで」

「ではシロウ殿《どの》、私達はこれで失礼します」

蒼い閃光の四人を見送ったあと、俺はステラさんに向き直る。

「じゃあステラさん、俺たちも行きますか」

「はい。……あ、預かっていたお店の鍵《かぎ》どうしましょう？」

店の商品が必要になった場合に備えて、俺は合鍵《あいかぎ》をアイナちゃんに預けておいた。

ステラさんはその鍵のことを言っているんだろう。

「明日でいいですよ。というか明日も休みにするのでぐっすり寝てください」

「ですが――」

「実は、俺も疲れが酷《ひど》くて明日は働けそうにないんですよね。それに店とは別にやらなくちゃいけないことができまして……。というわけで明日まで臨時休業は続きます。これは店主の決定です！」

「うふふ。ありがとうございます、シロウさん」

「それは俺のセリフですよ。俺の帰りを待っててくれてありがとうございました」


アイナちゃんを背負うステラさんと並んで歩く。

歩く速度はゆっくりだったけれど、一五分ほどで二人の家に着いた。

「じゃあステラさん、お休みなさい」

「お休みなさい、シロウさん」

「アイナちゃんもね」

寝息《ねいき》を立てるアイナちゃんにも小声で言い、店に帰ろうとしたら、

「あ、シロウさん」

ステラさんに呼び止められた。

「ん、なんです？」

「わたし、一つだけシロウさんに言い忘れていたことがありました」

「なんでしょう？」

ステラさんが優《やさ》しく微笑む。

「シロウさん、お帰りなさい」

「っ……。た、ただいま！」

第九話　パティとアイナ

俺はパティを連れて、自分の店へとやってきた。

二日ぶりに戻ったけれど、隅々《すみずみ》に至るまで掃除《そうじ》されている。

お掃除担当大臣のおかげだ。

「なーなーシロウ、ここはなんだ？」

「俺の店であり、家でもあるところだよ」

「これが家か！　……シロウの家はでっかいな！」

「そりゃあね。サイズが違《ちが》うし。妖精族《フェアリー》はどんな家に住んでるの？」

「あたいたち妖精族はな、木の上に家を作るんだ。たまに地面に作る変わり者もいるけど、地面はモンスターが出やすいからけっきょく木の上に作ることになるんだけどな」

「ふーん。やっぱり妖精の家は小さいの？」

「ひゅ、只人族《ヒューム》が大きいだけだぞっ」

パティはむすっとした顔で言う。

自分は小さくないとばかりに、がんばって胸を張っていた。

「それよりシロウ、その……わ、忘れてないよな？」

「もちろん覚えてるよ。親分の友だちを捜すんでしょ？」

「そ、そうだ！　里――ま、マチにはいっぱい只人族がいるからな。き、きっと見つかると思うんだ！」

「小さい町だからすぐ見つかるよ。明日捜してみよう」

「ああ！」

「とりあえず今日はもう寝よっか。ずっと地面の上で寝てたから身体中《からだじゅう》バキバキだよ」

「あれぐらいで痛いだなんて、情けないヤツだな」

「親分はずっと俺《おれ》の頭の上で寝てたくせに、それを言うの？」

「くふふ。シロウの髪、ちょっと硬《かた》いけどふわふわしてて寝心地《ねごこち》よかったぞ」

パティが俺の髪先に触《ふ》れ、くるくると指で回す。

「褒《ほ》められてるのかわからんなこれ」

「褒めてんだよ」

「へえへえ。そゆことにしときますよオヤビン」

「おやぶん！」

そんなやり取りをしながら、俺はパティを肩《かた》に乗せ二階へ上がる。

休憩室《きゅうけいしつ》に入り、どかっとソファに腰《こし》を下ろした。

「あー、疲れた」

「なに言ってんだ。シロウは歩いてただけだろ？」

「その歩くので疲れたんだよ。はぁ、親分にもらった蜂蜜酒で一杯やれたら疲れも吹《ふ》き飛《と》ぶのにな」

あの蜂蜜酒、城が買えるぐらい高価なものだったらしいけどね。

「あたいの作った蜂蜜酒を、そ、そんなに飲みたいのかっ？」

「べらぼーに美味《おい》しかったからね」

「あたいが作ったんだからとーぜんだ！」

「あれだけ美味しい蜂蜜酒を作るのは、やっぱ大変なの？」

「材料があればそれほど難しくないぞ。むしろ簡単だっ。ただ、肝心《かんじん》の蜂蜜を手に入れるのが大変なんだよなぁ」

「蜂蜜って……あの蜂蜜？　ハチの巣にあるアレ？」

「そうだ！　そのアレだ！　蜂蜜を採るにはな、ハチの巣を割らないといけないんだ。でもハチの巣を割ろうとするとな、いっぱいのハチが襲《おそ》いかかってくるんだ！　こう、ぶわ

〜〜って！」

パティが全身を使ってハチの脅威《きょうい》を伝えてくる。

羽をパタパタしたり、指を針に見立てて俺のお腹《なか》をチクチクしてきたりと、身《み》振《ぶ》り手《て》振《ぶ》りを交えて。

「ハチは小さいくせにブンブンまとわりついてきてな、魔《ま》法《ほう》で吹き飛ばそうにも……あたいは魔力《まりょく》の調整が苦手だからさ。魔法を使うと巣まで吹き飛ばしちゃうんだ。巣がないと蜂蜜が採れなくなっちゃうだろ？　だから一匹《いっぴき》ずつ潰《つぶ》してかないといけないんだけど、これがすっごくめんどくてさー。わかるかっ？　だからあたいが言いたいのは——蜂蜜を手に入れるのは大変ってことなんだ！　大変っ‼」

真剣《しんけん》な顔で蜂蜜採取の難しさを語るパティ。

俺は頬をポリポリ。

「ならさ、ひょっとして……蜂蜜さえあればまた作れたりする？　例えばこの場所でも」

「できるぞ？　蜂蜜以外の材料はあたいが持ってるからな」

「マジか！　じゃあ——」

俺はダッシュで一階のキッチンに行き、棚《たな》においてある瓶《びん》を掴《つか》んで戻ってくる。

「この蜂蜜で作ってくれないかっ？」

持ってきた瓶を開け、パティに見せる。

「これは……は、蜂蜜か？」

「ああ！　養蜂家《ようほうか》直送、純度一〇〇％の蜂蜜だ！」

ばーちゃんは食パンに蜂蜜をつけて食べるのが好きだった。

その影響《えいきょう》をモロに受けた俺も、食パンにはジャムよりも蜂蜜をつける派で、仕事の合間にアイナちゃんともよく食べていた。

「どうかな、これで作れる？」

「そうだな……」

パティが指先で蜂蜜をすくい、ひと舐《な》め。

「っ!?　う、うまい蜂蜜だな！　これならとびきり美味しい蜂蜜酒が作れるぞ！」

「おっしゃきたこれ!!　オヤビンお願いしますっ！」

「おやぶん！　でもわかった！　あたいに任せておけ!!」

パティは胸を叩《たた》くと、空間収納《くうかんしゅうのう》スキルでいくつかの果実とひょうたんみたいな入れ物を取り出す。

「どうやって作るか見てもいい？　それとも妖精族の秘技だったりするのかな？」

「別にいいけど……見ても面白くはないぞ？」

「なら見学するよ。ついでに作り方も教えて」

「しょーがないヤツだな。いいか？　まずこのキラズクの実をな、」

パティはさくらんぼにしか見えない果実を手に取り、

「はむっ」

口の中に入れる。

そしてもぐもぐと噛《か》み砕《くだ》いていく。

「ひょうしえくひのなかへしゅりちゅぶしゅてな」

「なに言ってるかぜんぜんわからない」

パティがひょうたんに、口の中でドロドロになったさくらんぼを流し込む。

「こうして口の中ですり潰すんだ」

「まさかそれは……」

昔、どこかで学んだ遠い記憶が呼び起こされる。

パティは蜂蜜を口に含《ふく》み、もぐもぐしてからひょうたんに「べぇー」っとする。

他の果実を口に入れてもぐもぐ、べぇー。

「……」

これはアレか。アレですか。確実にアレですね。

一部界隈《かいわい》で噂《うわさ》の『口噛み酒』ってやつじゃないですか。

「見たかシロウ？　果物と蜂蜜を交互《こうご》に噛んで入れていくんだ。一〇日もすれば美味《うま》い蜂蜜酒ができるぞっ」

パティはノリノリだった。ノリノリで蜂蜜酒を作っていた。

伝説のお酒『フェアリーミード《妖精の蜂蜜酒》』の正体が、まさか口噛み酒だったとは……。

真実はときに残酷《ざんこく》だ。

この事実は、俺の胸にだけしまっておくこととしよう。

「んぐんぐんぐ……んべぇぇぇぇ」

もぐもぐ、べぇーを繰《く》り返《かえ》すパティ。

伝説の蜂蜜酒ができる工程を、俺はソファから見守り続けるのだった。

◇◆◇◆◇

「……ロ……お……ちゃ……」

誰かが体を揺《ゆ》らしている。

「……ロウ……ちゃん」

半分寝たまま、まぶたを開けると、

「おきて。シロウお兄ちゃん。おきて」

目の前にアイナちゃんの顔があった。

「アイナ……ちゃん？」

「やっとおきた！　おはようシロウお兄ちゃん。もうお昼だよ」

「……え？　マジで？」

「うん。ほら」

アイナちゃんが窓を開ける。

昇《のぼ》りきった太陽の日差しが、ソファで寝ていた俺をじりじりと照らした。

「おおう……眩《まぶ》しい」

「はい、お水だよ」

「ありがと。……んく、んく……ふぅ」

水を飲んだら一気に目が覚めてきた。

昨夜、店に戻ってきた俺は蜂蜜酒《はちみつしゅ》を作るパティを眺《なが》めてて……あれ？

そこから――思い出せない。

まさか……

「……現在に至る、というわけか」

「ねるときは服をきがえないと、メッだよ」

アイナちゃんが叱《しか》ってくる。

アウトドア装備から着替《きが》えることなく寝てしまったものだから、ソファがかなり汚《よご》れてしまっていた。

お掃除担当大臣として、見過ごせなかったんだろうな。

「一休みのつもりだったんだけどね。気づいたら寝ちゃってたみたいだ」

「かぜひいてない？」

「大丈夫《だいじょうぶ》。この服ね、見た目よりずっと暖かいんだ」

「ならよかった」

ほっとしたようにアイナちゃん。

「そういえばアイナちゃん、どうしてここ《店》にいるの？　今日は休みにするってステラさんには伝えておいたはずだけど……？」

「おかーさんがね、シロウお兄ちゃんがお腹すかせてるかもしれないから、ごはん持っていってって言ったの。はいシロウお兄ちゃん、おかーさんがつくったごはんだよ」

アイナちゃんが「はい」と、お弁当箱を渡してくる。

「ステラさんに気を使わせちゃったな」

「ほんとはそれね、朝ごはんだったんだよ?」

「お昼ご飯にしちゃってごめんね」

お弁当箱の中身は、芋《いも》とソーセージを使った料理だった。

この芋の名前は忘れちゃったけど、ジャガイモに似た食感で美味しいのだ。

「いただきます」

合唱し、一緒に入っていたフォークで食べはじめる。

「ステラさんの作ったお弁当、美味しいなぁ」

「でしょ? おかーさんのつくったごはんおいしいでしょ?」

「うん。めちゃんこ美味しいよ」

「おかーさんね、ほかのおりょーりもおいしいんだよ。シロウお兄ちゃんこんど食べにきて!」

「いいの?」

「いいの!」

そんな会話をしながら食べていると、おずおずといった感じで、アイナちゃんがこう訊いてきた。

「……ところでシロウお兄ちゃん、」

アイナちゃんがソファの背もたれを指差し、続ける。

「そのちいさい女の子、だあれ？」

「……」

アイナちゃんの指先を追う。

そこには、

「くかぁぁぁ……くかぁぁぁぁ……」

酒造りを終えたオヤビンが、背もたれの上で大の字になり爆睡《ばくすい》しているのでした。

◇◆◇◆◇

「紹介《しょうかい》するね、この妖精さんはパティ親分」

隠れるどころか、ぐーすか寝ててあっさり見つかったパティ。

目覚めた直後はばつが悪そうな顔をしていたけれど、

「よ、よろしくなっ」

いまは開き直って堂々としていた。

俺の肩の上で、本日もえっへんとしている。

「ようせいって……あのようせい？　えほんにでてくる？」

「うん。たぶんその妖精」

「ふわぁぁぁっ!!」

アイナちゃんの顔がぱーっと輝《かがや》く。

目をキラキラさせてパティを見つめているぞ。

「ようせいさんはパティちゃんていうの？」

「ちゃ、ちゃん？」

「うん！　パティちゃん！」

「……お、おいシロウ！　この子供はなんなんだっ？」

「この子はアイナちゃん。俺の店の店員さんだよ」

「そうなの。アイナはてーいんさんなんだよ」

「な、なんだそれはっ？」

「店員というのは……親分、『店』ってわかる？」

俺の質問にパティが首を傾《かし》げる。

あ、知らないのね。

「妖精族には『商売』ってないの？」

こんどは逆方向に首が傾《かたむ》く。

商売も知らないと。

「んー、ちょっと妖精族について教えて欲《ほ》しいんだけど、いいかな？」

「い、いいぞ」

「ありがと。それじゃ、例えば妖精族の里にいる親分が、どうしても必要なものがあるとするでしょ？　で、その必要なものを他の誰《だれ》かが持っていたら、どうやって手に入れるの？」

「あ、あたいは自分で探すぞっ。あ、あたいは一人でも生活できるからなっ。お、親分だし！」

「……生き様を教えて欲しかったわけじゃないんだけどね。じゃあこうしよう。親分以外の妖精ならどうするのかな？　普通《ふつう》の妖精族ならどうするかを教えて欲しいんだ」

「他の……ヤツらか。ほ、他のヤツらは根性《こんじょう》がないからな。同じぐらいの価値のものと交《こう》換《かん》するんじゃないか？」

「なるほどね」

どうやら妖精族の社会には商売という概念《がいねん》がなく、物々交換《ぶつぶつこうかん》で成り立っているようだ。

「じゃあさ、他種族とも交換したりするの？」

「他の連中と交換したって話は聞いたことがないな。そもそも妖精族は、多種族との交流を禁止してるからなっ」

「そういえばそんなこと言ってたね」

じゃあなんで只人族と友だちになったのかは、いまは訊《き》かないでおこう。

そもそも掟《おきて》で禁じられているのに、里の外に出ちゃうようなアウトローだからね。

「ふんふん。となると、自分とこの種族だけで成り立ってるわけか」

「お、お前たち只人族は違うのか？」

「違うよ。ただこれは説明しはじめるととても長くなるから、こんど時間があるときに教えるね。たぶんネスカさんが」

ルファルティオ《異世界》の歴史や文化を教えられるだけの知識が俺にはない。

こういうのはネスカさんが得意なんだ。

授業料の代わりにチョコを献上《けんじょう》すれば、喰《く》い気味に引き受けてくれることだろう。

「只人族の文化を学ぶよりも先に、親分にはやらなくちゃいけないことがあるでしょ？」

「そ、そうだな！」

「シロウお兄ちゃん、パティちゃんのやることってなーに？」

俺は肩に座《すわ》るパティに視線で問いかける。

意図を汲《く》んだパティが、いいぞと頷《うなず》く。

「アイナちゃん、青い目と髪《かみ》をした男の人に心当たりはないかな？　親分の大切な友だちらしくて、親分はその人に会うためニノリッチに来たんだ」

「男のひと？　んと……アイナわからないなぁ」

「ほ、ホントに知らないのか？　背はシロウより高くてな、シロウよりずっとかっこいいんだ！　こ、声も聞くだけで心地《ここち》いいんだぞ！　シロウと違って！」

比較《ひかく》対象としては悲しい限りですわな。

「あと――」

パティが首元の首飾《くびかざ》りをつまむ。

「これと同じ――大きさは違うからなっ――同じ色と形の首飾りをしてるはずなんだ！　み、見たことないかっ？」

アイナちゃんは首を振《ふ》る。

「アイナ知らない」

「そ、そうか……」

パティがしゅんと肩を落とす。

「ごめんねパティちゃん」

「まぁ、俺もアイナちゃんもニノリッチの住民全員の顔を覚えてるわけじゃないしね」

「たくさん只人族がいるから、だろ？」

「そゆこと。ニノリッチは住んでる人が多いんだ。でも小さい町だから、聞いて回れば見つかると思うんだよね」

「そ、そうだよな！　見つかるよなっ」

「そんなわけで、いまから捜《さが》しに行こうか？」

「アイナも！　アイナもいっしょにさがしたい！」

手をピンと伸《の》ばし、アイナちゃんが同行を望む。

より強くアピールするためか、ぴょんぴょこ飛び跳《は》ねていた。

俺はくすりと笑い、アイナちゃんの頭に手を置く。

「じゃあ、お手伝いしてもらおうかな？」

「うん！」

「あ、でも一つ気をつけなきゃいけないことがあってね、パティのことは他のみんなには秘密にしないといけないんだ。妖精が目の前にいたら、みんなビックリしちゃうからね。守れる？」

「ん、まもれる」

アイナちゃんが頷く。

両手がぎゅっと握《にぎ》られているのは、真剣さの表われだ。

「ありがとう。それじゃ捜しに行こうか。と、その前に……パティはどこに隠《かく》れてもらおうかな」

俺のリュックでもよかったけれど、事あるごとに後頭部をパシパシ叩かれるからな。

他にいい物はないかなと捜していたら、

「シロウお兄ちゃん、ここはどうかな?」

後ろを向いたアイナちゃんがそう言ってきた。

その背中には、青いカバンが背負われている。

店員として働くことになったアイナちゃんの服を買いそろえたときに、セットで購入《こうにゅう》したものだ。

「おー、いいね」

カバンを開け、中を確認《かくにん》。

革《かわ》でできたカバンは頑丈《がんじょう》で容量も大きい。

ここならパティもゆったりとくつろげそうだ。

「どうかな親分?」

「んー……」

中を確認したパティが、満足げな笑《え》みを浮《う》かべる。

「ここにするぞっ」

「だってさアイナちゃん。パティのことお願いしていいかな?」

「うん!」

こうして俺たちは、人捜《ひとさが》しをはじめるのだった。

アイナちゃんのカバンに、パティを忍《しの》ばせたままで。

第一〇話　人捜しをはじめよう

俺とアイナちゃんは、まず市場で捜すことにした。

市場は町で一番人通りが多いからだ。

「すみません、ちょっといいですか」

「シロウさんじゃないの。どうかしたのかい？」

声をかけたおばちゃんが足を止める。

「いま人を捜しているんですけど、こんな首飾りをした人に心当たりはありませんか？」

そう言い、おばちゃんに一枚の写真を見せる。

「上手な絵ね」

写真に写っているのは、パティの首飾りだ。

顔も名前もわからないなか、唯一《ゆいいつ》の手がかりは首飾りだけ。

この前買ったカメラで撮影《さつえい》し、プリントアウトしたのだ。

「ん～、見たことないわねぇ」

「……そうですか。ありがとうございました」

これで二七人目。

しかし、いまのところ首飾りの持ち主を知る人はいなかった。

「しってるひといないね」

アイナちゃんが気落ちしたように言う。

「いないねー」

「ニノリッチのひとじゃないのかな?」

「親分の話だと、ニノリッチに住んでるみたいなんだけどね。でしょ?」

アイナちゃんのカバンから、ちょこんと顔を出しているパティに確認する。

パティが頷く。

「アイツは『ニノリッチに』って言ってたぞ。絶対にここにいるはずだ」

「だってさアイナちゃん」

「そっか~」

「一度場所を変えてみようか?」

俺がそう提案したタイミングで、

「シロウじゃないか」

たまたま通りかかったカレンさんに声をかけられた。

視界の端《はし》で、パティがさっとカバンのなかに隠れる。

「こんにちはカレンさん。町の見回りですか？」

「見回りなものか。その……人伝《ひとづて》に蒼《あお》い閃光《せんこう》が戻《もど》ったと聞いてな」

カレンさん周囲を確認。

俺の耳元に口を寄せ、囁《ささや》いた。

「蒼い閃光に同行していたであろう君が無事に戻ったか、確認の意味も込めてな。君に会いに来たのさ」

「な、なるほど。それで市場《ここ》に。わざわざ……あ、ありがとうございました」

「あまり心配させてくれるな」

カレンさんがため息混じりに言う。

本気で心配している顔だった。

「本当にすみませんでした」

「謝《あやま》らなくていい。だが、せめて次からはひと言ぐらい欲しいものだな」

「あはは、覚えておきます」

「ン、約束だぞ」

そう言って笑うと、カレンさんは俺の頭をポンポンと優しく撫《な》でた。

俺より一つ年上のカレンさんは、最近こんな感じにお姉さんぶるようになってきた。

危なっかしい俺のことを、目の離《はな》せない弟ぐらいに想《おも》っていてくれているのかもしれないな。

「シロウお兄ちゃん、お顔があかいよ？」

「それは――ち、ちょっと暑いからだよ」

照《て》れ隠《かく》しにわざとらしく手で顔を扇《あお》いでみたりする。

アイナちゃんがじーっと俺を見上げている。

ここは話を変えるべきか。

「そ、そうだカレンさん！」

無意識に大きな声を出してしまった。

「なんだ？」

「実はいま人を捜してるんですけど、こんな首飾りをした人をしりませんか？」

俺はカレンさんに首飾りの写真を見せる。

「……ほう。これは絵か？　ずいぶんと綺麗《きれい》に描《えが》かれているな」

写真を手にとったカレンさんが感心したように言う。

これまで知っている人がいなかったから、あまり期待はしてなかったんだけれど——

「どこかで……見たことがあるような気がする」

思わぬ答えが返ってきた。

「カレンお姉ちゃんしってるの？」

「見たことがある、というだけだ。だが、どこで見たのか思い出せないな」

カレンさんは口元に手をやり思案顔。

「「…………」」

俺とアイナちゃんは、カレンさんの答えを待つ。

カバンのなかでは、パティも息を殺して続く言葉を待っているに違いない。

カレンさんはたっぷり二分かかり、

「…………すまない。思い出せない」

と言った。

ガクッとなる俺とアイナちゃん。

「期待させてしまったようだな。しかし、さっきも言ったがその首飾りを見たことがあるのは確かだ。君たちが望むならわたしの方でも捜してみるよ」

「いいんですか？」

「ああ。君には返せないほどの借りがあるからな。仕事の合間にでも捜してみるよ」

「よろしくお願いします！」

「おねがいしますっ！」

俺が頭を下げると、アイナちゃんも真似《まね》をして頭を下げる。

「カレンさん、よかったらこれ持ってってください」

そう言い、カレンさんに首飾りの写真を渡《わた》す。

多めにプリントアウトしておいたものの一枚だ。

「ン、借りておこう」

「首飾りのことがわかったら、俺かアイナちゃんに連絡《れんらく》ください」

「わかった。では、わたしはまだ行くところがあるのでこれで失礼させてもらうよ」

「ああ、お仕事ですか？」

「いや、冒険者《ぼうけんしゃ》ギルドだ」

「…………冒険者ギルド？」

「そうだ。冒険者ギルドだ」

アレ？

なんか嫌《いや》な予感がするぞ。

「……ぎ、ギルドへ依頼《いらい》とか？」

「フフッ。依頼なものか」

「お、お友達のエミーユさんに会いに？」

「わざわざエミィに会いにギルドまで足は運ばないさ」

「じゃ、じゃあなんでかなー……？」

「なに。わたしの大切な住民を、わたしの許しなく森に連れて行った冒険者たちにちょっと会いに行こうと思ってな」

「いや、俺は自分の意思で――」

俺が言い終わるよりも早く、

「では、な」

カレンさんは昏《くら》い笑みを湛《たた》えたまま行ってしまった。

俺は手を合わせ、どうか蒼い閃光の――具体的にはライヤーさんの無事を願うのだった。

◇◆◇◆◇

俺とアイナちゃんは、カレンさんと別れたあとも首飾りの持ち主を捜し続けた。けれど収穫《しゅうかく》はなし。

現状では、カレンさんが思い出してくれることを祈《いの》るばかりとなった。

そんな感じに捜索《そうさく》一日目を終え、パティはアイナちゃんの家にお泊《とま》りすることに。というのも、

「シロウお兄ちゃん！　きょ、今日パティちゃんといっしょにねていいっ？　おねがい！」

とアイナちゃんが言ってきたからだ。

ふんすふんすと鼻息を荒《あら》くするアイナちゃんは、どうしてもパティと一緒《いっしょ》にお泊りしたい様子。

物語のなかにしか出てこない妖精と出逢《であ》えたわけだから、アイナちゃんの興奮は大きかったんだろう。

あのネスカさんですら、パティを前に興奮していたぐらいだからね。

「アイナちゃんがこう言ってるけど、親分はどうかな？」

「あたいは構わないぞ。シロウよりアイナの髪の方が柔《やわ》らかくて寝心地よさそうだからな」

「頭で寝《ね》る前提で話をするのはやめようよ。寝返《ねがえ》りで潰れちゃうよ？」

「あたいはそんな柔《やわ》じゃないやいっ」

「へいへい。アイナちゃん、親分もアイナちゃんと一緒に寝たいってさ」

「ホントっ⁉　パティちゃんアイナとねてくれる？」

「ね、寝てやるぞっ。『てーいん《店員》』とかいうのは、つまりアイナはシロウの子分ってことだろ？　シロウの子分ならあたいの子分でもあるからな。子分の頼《たの》みを聞いてやるのも親分であるあたいの役目さ！」

「よっ！　オヤビンかっくいー！」

「おやぶん‼」

パティと一緒に夜を過ごせるということで、アイナちゃんは小躍《こおど》りして喜んだ。

「パティちゃん、いっしょにねようねー」

とニッコニコなアイナちゃん。

言われたパティも、

「しょうがないヤツだな。こ、今晩は一緒に寝てやろうじゃないか。言っておくけど、と、特別だからなっ？」

なんだか嬉《うれ》しそう。

このツンデレ妖精さんめ。

「あ、シロウお兄ちゃん、おかーさんにはパティちゃんのこと言っていい？　それともないしょにしてたほうがいい？」

「ステラさんも親分のこと秘密にしてくれるだろうから、言ってもいいよ」

「ん、わかった。おかーさんにもひみつにしてもらうね！」

きゃっきゃうふふとはしゃぐ、アイナちゃんとパティ。

俺《おれ》は近くに置いてあったカメラを手に取り、タイマーをセット。

「アイナちゃん、親分！　ここ見ながら笑って！」

二人の背後に移動し、

「ピース！」

ばーちゃん譲《ゆず》りのダブルピースをキメる。

俺を見たアイナちゃんとパティも、

「ぴーす」

「こうか？」

笑顔《えがお》でダブルピースしていた。

撮《と》った写真をプリントアウトするのが、いまから楽しみだった。


こうしてパティはアイナちゃんの家にお泊りすることになり、俺も久しぶりにばーちゃん家《自宅》へ帰ることになったのでした。

第一一話　母娘《おやこ》と妖精　前編

「ふぅ～。食った食った」

お腹《なか》を膨《ふく》らませたパティが、ベッドにぽすんと体を投げ出す。

「アイナもおなかいっぱ～い」

パティに続いてアイナも体を投げ出した。

クッションが効いたベッドはアイナの体をボヨンと弾《はず》ませ、同時にパティの体をも浮かせていた。


士郎《しろう》の店からアイナが帰ってきたのは、夕食前のことだった。

最愛の娘を、母親のステラが笑顔で出迎《でむか》える。

いつものアイナならすぐにステラへ抱《だ》き着《つ》くのだったが……この日は違《ちが》った。

背負っていたカバンから、腕《うで》をそーっと抜《ぬ》くアイナ。

首を傾げるステラに、アイナがこう言ってきた。

「おかーさん、いまから見せるのないしょにしてくれる？」

それは、娘が久しぶりに見せる真剣《しんけん》な顔だった。

娘にこんな顔をされてしまっては、母として応じないわけにはいかない。

ステラはきりっと表情を引《ひ》き締《し》め、「わかったわ」と答える。

「ほんとにほんとにないしょにしてくれる？」

念押《ねんお》しされてしまった。

ステラは再び頷く。「もちろんよ」と言葉を添《そ》えて。

こうなると娘のカバンからなにが出てくるのか、気にならずにはいられない。

そういえば近所の母親が、「子供がしょっちゅう変なものを拾ってくる」とボヤいていたっけ。

アイナは、どちらかと言えば大人しい部類に入る子だ。

変なものは拾ってこないと信じているが、こうも念押しされると予想せずにはいられない。

綺麗な花でも見つけたのだろうか？

いや、それだと秘密にする理由がわからない。

となれば雛鳥《ひなどり》でも保護してきたのだろうか。ひょっとしたら、モンスターの幼体《子》の可能性だってある。蜥蜴《とかげ》ならまだいいけれど、どうか蛙《かえる》ではありませんように。

顔には出さないように気をつけながら、ステラは娘がカバンから出すものを待った。

「じゃあ……あけるね」

「ええ」

ステラが見守るなか、アイナがカバンの封《ふう》を外す。

中から出てきたのは──

「お前がアイナのカカ《母さん》か？　ふーん。顔も目の色もそっくりだな」

カバンの中身は、物語の中でしか会ったことのない伝説の種族だった。

理解を超《こ》えた状況《じょうきょう》にステラは硬直《こうちょく》する。

「おかーさん、このようせいさんはね、パティちゃんてゆーんだよ」

「……」

「よ、よろしくなっ」

「……おかーさん？」

「……」

「アイナのカカ、固まってるぞ」

ステラが挨拶《あいさつ》を返せるようになるまで、少しだけ時間がかかった。

「この寝床《ねどこ》……『べっど』だったか？　凄《すご》いな。こんなに柔らかくてふわふわした寝床は、あたいはじめてだぞっ」

「いいでしょ？　このベッドはね、シロウお兄ちゃんがプレゼントしてくれたんだよ」

「シロウが？」

「うん。シロウ兄ちゃんね、『ひっこしいわい』っていってたの」

パティとアイナが飛び込んだベッドは、士郎が日本の寝具店《しんぐてん》で購入してきたものだ。

アイナは毎晩、母親のステラと一緒に寝ている。

そのことを聞いた士郎は引《ひ》っ越《こ》し祝《いわ》いを口実に、ダブルサイズの高級ベッドをアイナとステラに贈《おく》ったのだった。

当初はあまりの柔らかさと寝心地《ねごこち》の良さに戸惑《とまど》っていたステラだったが、

「アイナもおかーさんもね、もうこのベッドじゃないとねれなくなっちゃったの」

母娘共々、いまではすっかり虜《とりこ》となってしまったようだった。

「パティさん、アイナ、紅茶を淹《い》れましたよ」

ステラが寝室《しんしつ》にやってきた。

手に持つお盆《ぼん》には、紅茶のポットとティーカップが載《の》っていた。

ステラはベッドサイドのテーブルに、ティーカップを一つ、二つ、三つと置いていく。

「おかーさん、今日はなんのおちゃ?」

「シロウさんから頂いた果物の紅茶よ」

ステラは優《やさ》しく微笑《ほほえ》み、ポットを手に取りティーカップに注いでいく。

いま注がれている紅茶も士郎から贈られたもので、子供でも飲めるカフェインレスのものだった。

「パティちゃんのもう」

アイナはティーカップを手に取り、パティへと渡す。

それを見届けてから、ステラもティーカップを持ち上げた。

「パティさん、夕食のときに仰《おつしや》ってましたが、只人族《ヒューム》の男性を捜しているのですよね」

「ああ。シロウとアイナにアイツを捜してもらってるんだっ」

「どんな人なんですか?」

「髪と目が空みたいに青くてな――」

「ああ、ごめんなさい。その……見た目ではなく人となりのことです。妖精のパティさんが森を超えてまで会いに来るほどですから、どんな人なのか気になってしまって」

ステラの言葉を聞き、アイナがはいと手をあげた。

「アイナもききたいな」

「なんだ、アイナもステラもアイツがどんなヤツかしりたいのか?」

「ええ。とても」

「パティちゃんのおともだちのこと、アイナもしりたい」

母娘にせがまれ、パティはやれやれと首を振る。

「し、しかたがないなっ。特別に教えてやるよっ」

パティは紅茶をずずーとすすり、ティーカップを置く。

アイナとステラが好奇《こうき》の眼差《まなざ》しを向ける中、パティは語りはじめた。

「なにから話そうかなぁ……ああっ、はじめてアイツと会ったときのことを話してやるか。

あれはあたいがはじめて里を飛び出したときに————……」

パティのお話

はじめて会ったときさ、アイツ狩《か》りしてたんだよ。

なんていうんだったっけな……あの棒っ切れを飛ばすヤツ。

……ん？

あっ！　それだそれっ。ユミヤってヤツだ！

アイツ、そのユミヤで角ウサギを追いかけてたんだよ。

こーんな顔しながらな。

アイツはユミヤを使うのがホント下手くそでさぁ。なんどもなんども角ウサギに逃《に》げられてたんだ。

笑っちまうだろ？

あたいは背の高い木の枝からアイツを見てたんだ。ずっとな。

アイツ、何度も何度もヤを外しては、逃げられるたびに泣きそうな顔するんだ。それ見てあたいは大笑いさ。

でもさ、しばらくしてアイツが地面に座り込んじゃったんだよ。

ぽろぽろ子供みたいに泣きながら。
仕方がないからこのあたいが手を貸してやったんだ。
アイツの見てる前で角ウサギをこう……えいってやってな。
一発で仕留めてやったよ。そしたらアイツ……くふふ。
角ウサギよりあたいにびっくりしてたなぁ。
目を丸くしてこう言ってきたんだ。

……コホン。
き、君は……ようせ——ん？　なんで裏声かって？
う、うるさいなっ。アイツの真似してるだけだぞっ。
…………。
そ、そんなこと言うならアイツの話は終わりだ！　終わり！
…………。
…………ほんとか？
……よ、よーしわかった。続きを話すぞ。

あたいを見たアイツは、君は……妖精なの？　ってあたいに訊いてきたんだ。

見ればわかるのにおかしなヤツだよな？

だからあたいもこう言ってやったんだ。

そう言うお前は只人族だろ？　ってさ。

……それがあたいとアイツの出逢いだ。

そのあとアイツと一緒に角ウサギを焼いて食べたんだよ。

あたいは角ウサギを食べるのははじめてだったけど、これっぽっちもおいしいとは思わなかったな。

でもさ、アイツはあたいと違って、角ウサギの肉を食べながら、おいしいおいしいって涙《なみだ》を流してたんだ。

あのときは只人族は舌がバカなんだなって思ったよ。

けど話を聞いたらさ、アイツはまともなご飯を食べるのが一〇日ぶりだって言うじゃないか。

一〇日ぶりだったから、角ウサギなんかの肉でもうまく感じたらしいぞ。

あたいは只人族をはじめて見たからさ、只人族はひょろ長い種族なんだなって思ったんだ。

でもそれは、アイツが痩《や》せっぽっちなだけだったんだよな。

角ウサギを食べ終わったアイツはさ、あたいにありがとうって言ってきたんだ。

空腹で死ぬところだったって。君のおかげで命が繋《つな》がったって。

だからあたいは言ってやったのさ。

あたいは『運命を切り開く者』だから、とーぜんだってな。


…………い、いまのはな、その……妖精族《フェアリー》の言葉でパティ・ファルルゥが『運命を切り開く者』って意味だからだぞっ。

……な、なんだよその顔は？

やめるか？　あたいはやめたっていいんだからなっ。

……。

…………しょうがないな。

そんなに聞きたいなら続きを話してやるよ。

……どこまで話したっけ？

あ、そうだそう！

あたいが『運命を切り開く者』だって。そう言ったらさ、アイツは驚《おどろ》いた顔をしたあと……笑ったんだ。

笑って……あたいの名前を訊《き》いてきたんだ。

……そのときのあたいは……さ、アイツに名前を教えなかったんだよ。

もっと狩りが上手《うま》くなったらあたいの名前を教えてやる、って言ってな。

だ、だってそう言えば、アイツががんばるかもしれないだろっ？

とにかく、あたいはアイツのことを『只人族』って呼んで、アイツはあたいのことを『妖精さん』って呼ぶようになったんだ。

それからあたいは、いっつも腹を空《す》かせてるアイツのために狩りを手伝ってやることにしたんだよ。

か、狩りだけじゃないぞっ。ほ、他にもいろいろしたんだからなっ。

えと……そうだ！　二人で勝負なんかもしてたぞ！

木登りだろ、スライム潰《つぶ》しだろ、あと……あ！　ハチの巣落としなんかもしたなっ。

ま、勝負はいっつもあたいの勝ちだったけど！

ん？

…………。

……………ああ。そうだな。

あたいとアイツは……友だちだったんだよ。

たった一人のな。

アイツはあたいしか友だちがいなくて、あたいもアイツしか友だちがいなかったんだ。

一人ぼっち同士だったんだよ。

アイツは……あたいといるとき、よく『ふたりぼっち』なんて言ってたけどな。

アイツは……うん。どんどん狩りが上手くなっていったよ。

角ウサギの他にも、鳥や大蜥蜴《おおとかげ》なんかも一人で狩れるようになってたな。

最後にはフォレストウルフを狩ったんだ。

あのフォレストウルフをだぞ！

……あたいの前でフォレストウルフを狩ってみせたアイツがさ、言ったんだ。

どうだい、僕《ぼく》も成長しただろって。生意気な顔してさ。

妖精さん、そろそろ君の名前を教えてくれないか？　ってね。

訊かれたあたいは、つい……次会ったときに名前を教えてやるよ、って言っちゃったんだよ。

それが……あたいがアイツと会った最後だった。
だからあたいは……アイツにあたいの名前を教えないといけないんだっ。
そして――そしてアイツの名前を訊かないといけないんだ。
だから……だからっ、あたいはアイツに会いたいんだよっ。

第一二話　母娘と妖精　後編

「――というわけさ。だからあたいはアイツを捜《さが》してるんだ。アイツに会いたいんだよ」

語り終えたパティが長い溜息《ためいき》をつく。

アイナとステラは顔を見合わせ、頷《うなず》き合う。

「パ、パティちゃん！」

「……なんだよアイナ？」

「ぜったいに――ぜったいにぜったいにお友だちを見つけようね！」

アイナはぎゅっと握《にぎ》りこぶしを握る。

瞳《ひとみ》には薄《うす》く涙が浮《う》かんでいた。

「っ……」

思わぬアイナの反応にパティが戸惑う。

けれど――

「あ、あたり前だろっ。見つけてみせるさ！　そしてあたいの名前を呼ばせてやるんだ！」

パティはそう言い、決意を新たにするのだった。

第十三話　宴《うたげ》の予感

久しぶりのお風呂《ふろ》を堪能《かんのう》した俺は、押入《おしい》れをくぐり店へと戻ってきた。

いまじゃ日課になりつつある、夜空を眺《なが》めるためだ。

「ロッキングチェアを取り出してっと」

裏庭にロッキングチェアとテーブルを運んでいると、

「おーいあんちゃん、いるかー？」

店の前からライヤーさんの声が聞こえた。

俺は裏庭から顔を覗《のぞ》かせる。

「いますけど、どうしたんですか？」

「お、いたかあんちゃん」

俺を見つけ、ライヤーさんが「よう」と片手を上げる。

その頬《ほお》には、きれいな手形が赤く刻まれていた。

「……そのほっぺはひょっとして？」

「町長にちっとばかし引《ひ》っ叩《ぱた》かれてな。ま、殴《なぐ》ってくれって言ったのはおれだから別にいんだけどよ」

冒険者ギルドでなにがあったのかを雄弁《ゆうべん》に語る、見事な手形だった。

「それよりこれからギルドの酒場で飯にするんだけどよ、あんちゃんも一緒にどうかと思ってな。誘《さそ》いに来たんだ。アプサラの花を売ったカネもまだ渡してないしな」

「あー、そうでしたね」

今日は一日人捜《ひとさが》しをしていたからすっかり忘れていたぞ。

「儲《もう》かりました？」

「バッチリだ。ほら、あんちゃんの分だ」

ライヤーさんから革袋《かわぶくろ》を受け取る。

革袋のなかからチャリンと音がした。

「全部で金貨一一枚になった。あんちゃんの取り分は金貨三枚だ」

「俺だけ多くないですか。五等分て言いましたよね」

「迷惑《めいわく》かけちまったからな。その分だよ。受け取らないってのはナシだぜ」

「えー」

「頼《たの》むぜあんちゃん。町長にもキツ目に言われちまったからよ」

ライヤーさんが苦笑《くしょう》する。

「あー、カレンさんに。……わかりました。ありがたく頂戴《ちょうだい》します」

そう言い、金貨をサイフにしまう。

「それで、一緒に飯行くか？」

「行きます！」

ライヤーさんとお喋《しゃべ》りしながら冒険者ギルドへと向かう。

道中での会話の九割が、カレンさんは怒《おこ》るとめちゃくちゃ怖《こわ》いからあんちゃんも気をつけろよ、という内容だった。

◇◆◇◆◇

冒険者ギルドの酒場は、四割ほどテーブルが埋《う》まっていた。

パティと同じ首飾《くびかざ》りをしている人を捜したけれど、残念ながら見つからず。

やがて、俺たちのテーブルに料理とお酒が運ばれてきた。

「ほんじゃま、乾杯《かんぱい》といくか」

ライヤーさんの音頭《おんど》に合わせて、ジョッキをぶつけ合う。

黄色い液体が飛び散るけど、気にする人がいないのが冒険者の飲み会だ。

「ひゃっふぅぅぅっ！　乾杯なんですよぅ!!」

そしてやっぱりというか、今日もテーブルにはエミーユさんがいて、

「乾杯ですわ」

あとなぜか、ギルドマスターのネイさんも同じテーブルにいた。

この不思議な状況に、俺だけじゃなく蒼《あお》い閃光《せんこう》の四人も困惑《こんわく》している様子。

「ギルドマスターと一緒にエール《麦酒》を飲めるなんて嬉《うれ》しんですよぅ！　最高なんですよぅ！

ここで働いててよかったんですよぅ！」

上司に向かって、全力でヨイショするウサ耳娘。

「うふふ。エミーユさん、年頃《としごろ》の女性がそうはしゃいではいけませんよ？」

ヨイショされたネイさんも、まんざらではない様子。

「なに言ってるんですかギルドマスター！　だってギルドマスターといっしょに飲めるんですよ？　そんなのはしゃがずにいられないんですよぅ！　ギルドマスターが酒場にいてくれるだけで冒険者たちの心は癒《いや》されるんですよぅ！　アタシの心も癒されまくりなんですよぅ!!」

「あらあら、仕方がない子ですわね」

原因はお前だったか。

以前、首根っこを掴《つか》まれて連れて行かれたエミーユさん。

あのとき彼女《かのじょ》は窮地《きゅうち》を脱《だつ》するため、何より減給されないために、必死になって上司をヨイショしたのだろう。

ヨイショしてヨイショして、その結果が現在のこの状況なんだろう。

「エミーユに言われたのです。『ギルドマスターはもっと冒険者《ぼうけんしゃ》たちの前に姿を見せるべきですよ』と。美しいわたくしの姿を見れば、冒険者たちの日々の活力になると」

ネイさんは照れたように笑い、続ける。

「あのときは減給を逃《のが》れたい一心から、口からでまかせを言っていると思いました。ですが、エミーユの瞳には強い意志が宿っていましたの。わたくしのような立場にいると、その者の瞳を見ただけで真実か否《いな》かを見抜《みぬ》くことができますわ。そしてあのような瞳を持つ者が、嘘《うそ》をつくはずがありません」

断言するネイさん。

待って待って。その強い意志って、減給されたくない一心から来たものですよきっと。

「アタシはギルドマスターを一目見たときからずっと思い続けていたんですよぅ！　あ、美人だって。すっごい美人がきたって！　そんな極上《ごくじょう》の美女が近くにいたら、冒険者はみんな元気バリバリでビシバシやる気になるんですよぅ！　ね？　ライヤー！　ね！　ライヤー！」

ライヤーさんに向けて、バチンバチンとウィンクするエミーユさん。

調子を合わせてくれ、というサインだ。

どうやら本日の夕食は、かなり神経を使うことになりそうだった。

◇◆◇◆◇

料理を食べつつ、たまにエールをちびり。

「……」

「ん、あんちゃん酒がすすんでないみたいだな。ひょっとして酒が嫌《きら》いか？」

いくつかの料理を平らげひと息ついたタイミングで、不意にライヤーさんが訊いてきた。

俺のジョッキを満たすエールを見ての言葉だ。

戒律《かいりつ》でお酒が禁止されているロルフさん以外は、みんなジョッキにエールが注がれている。

「いやー、お酒は好きな方なんですけど、このエールはなんというか……」

言《い》い淀《よど》んでいると、

「美味《おい》しくありませんか？」

ネイさんがいきなりぶっこんできた。

隣《となり》に座《すわ》るキルファさんが、「にししし」と笑う。

俺は降参とばかりに両手を上げた。

「その通りです。正直このお酒《エール》は苦手ですね。飲みなれてないからかもしれませんけど」

日本で生まれ育ちビールの味を知っている者としては、申し訳ないけれど大味すぎて合わなかった。

日本のビールよりもアルコール度数が高く、謎《なぞ》のハーブの香《かお》りがする。

そのうえとにかく温《ぬる》いのだ。常温なのだ。人肌《ひとはだ》なみに温いのだ。

キンキンに冷えたビールの味を知っているからこそ、飲み干すことができずにいたのだった。

「なんか、ごめんなさい」

「構いませんわ。あまり大きな声では言えませんが、わたくしもこのエールを美味しいとは思いませんから」

「へ、そうなんですか？」

「ええ」

そう言い、ネイさんはジョッキに視線を落とす。

「辺境では飲めるお酒が限られてしまいます。それこそこのエールぐらいなものですわ。ですから……仕方なく、ですわね。もっとも、『妖精《ようせい》の祝福《しゅくふく》』の名を冠《かん》しておきながら、飲めるお酒がエールだけというのは寂《さび》しい限りですけれど」

ネイさんがため息混じりに言う。

「それは『フェアリーミード《妖精の蜂蜜酒》』から名前をもらったギルドなのに、エールしか飲めないのは寂しい、という意味ですよね？」

「あら、ご存じでしたか」

「俺はこのギルドに商品を卸《おろ》させてもらってますからね。それに妖精の祝福が『フェアリーミード』を指すことぐらい、一般教養《いっぱんきょうよう》のうちですよ」

「「……」」

そう嘯《うそぶ》く俺に、ロルフさんを除く蒼い閃光のメンバーがジト目を向けてくる。

けど気にしない。商人にはときにハッタリも必要なのだ。

「初代ギルドマスターがこのギルドに妖精の祝福と名付けたのは、いつの日か妖精の祝福――フェアリーミードを入手することが目的だったと伝えられていますわ」

「へぇえ。というと、フェアリーミードを手に入れるのはある意味ギルドの悲願でもあるんですね」

「そうなりますわね」

ごめんなさい。

その悲願、こないだガブ飲みしちゃいました。

「ですがいまは遺跡《いせき》を見つけることが悲願ですわ」

ネイさんの話は続く。

「もともと妖精の祝福は、ギルドの酒場で出すお酒にはこだわりを持っていましたの。ここが辺境でなければ、他の支部のようにいくつもの銘柄《めいがら》を揃《そろ》えられたのですけれどね。ギルドマスターとして悔《くや》しい限りですわ」

「ここが交易都市だったら葡萄酒《ワイン》とか林檎酒《シードル》とか飲めるんだけどにゃあ。はぁ〜」

「なあギルマスさんよ、もうちょっと美味《うま》い酒を都合できないもんなのか？　美味い酒が飲めれば、それだけでここの連中の不満もいくらか晴れるはずだぜ」

お酒は適量なら、ストレス発散の効果もある。

娯楽《ごらく》がほぼないニノリッチでも、美味しいお酒が飲めればそれだけで冒険者たちの不満を和《やわ》らげることができるかもしれない。

先日の一件以来、まだ冒険者同士のケンカは起きていないそうだけれど、ギスギスした居心地《いごこち》の悪い空気は相変わらずだった。

「…………無茶《むちゃ》を言わない。輸送コストを考えればエールが飲めるだけでも感謝しないとダメ」

「ネスカ殿《どの》の言う通りです。私達は日々ギルドへの感謝を忘れてはいけません。この町に妖精の祝福が支部を置いてくれたからこそ、中央とそれほど変わらぬ値でエールも飲めるのですからね」

ロルフさんが二人にお説教。

これに乗っかったのがエミーユさんだ。

「そうですよぅ。ライヤーもキルファも、ギルドへの感謝を忘れちゃダメなんですよぅ。ギルドに来るたびに美しいギルドマスターに贈《おく》り物《もの》をするぐらいの気持ちが必要なんですよぅ。ですよねー、ギルドマスター？」

「うふふ。冒険者が来るたびに贈り物を受け取っていたら、このギルドホームよりも大きなお屋敷《やしき》が必要になってきますわ」

「なら冒険者たちにお屋敷もプレゼントさせればいいんですよぅ。ギルドマスターの美しさならよゆーなんですよぅ！」

惜《お》しみないヨイショを挟《はさ》むエミーユさん。

凄いよ。エミーユさん、あんた凄いよ。

「贈り物云々《うんぬん》は置いとくとしてよ、これでもギルドにゃ感謝してるんだ。もちろんギルマスさんにもな」

「ボクだって感謝してるにゃ」

二人が顔を見合わせ、「なー」と首を傾《かたむ》ける。

「でもせっかくならワインぐらい欲《ほ》しかったにゃん」

「ん、ということは、キルファさんってワインが好きなんですか?」

「ふにゃ?　べつに好きじゃないよ?」

まさかの返答に、ガクッとつんのめりそうになった。

「……じゃあなぜワインを?」

「ぶどうの匂《にお》いがするからエールよりはマシってだけにゃ。ボクたちが飲めるワインなんて、すっぱいだけでおいしくないしねー」

「へええ。そうなんですか」

「オイオイ、『そうなんですか』ってあんちゃんよ、まさかその歳《とし》でワインを飲んだことないとか言わないよな?　それともやり手の商人様は、貴族が飲むようなお高いワインしか飲んだことがないってことか？」

「そういうわけじゃないですよ。ただ、俺《おれ》の故郷では安くても美味しいワインがたくさんあるんですよね」

「「「っ……」」」

この言葉に蒼い閃光だけじゃなく、ネイさんまでが食事の手を止めた。

なんかちょっと目が怖いんですけど。

気圧《けお》されつつも説明を続ける。

「基本的には赤ワイン、白ワイン、ピンク色をしたロゼワインの三種類で……ああ、そういえば最近だとオレンジワインとかいうのも流行《はや》ってるって聞いたことがあるな。とにかく、その四種類のワインにはそれぞれいくつも銘柄があって、味も様々。甘口《あまくち》から辛口《からくち》まで幅広《はばひろ》く、すっきりと飲めるのもあれば、重厚《じゅうこう》で深い味のものもあります。値段もピンからキリまで。それこそ子供のお小遣《こづか》いで買えるようなワインもあれば、庭付きの一軒家《いっけんや》より高価なワインもあったりするんですよ。ワインにハマってる人だと、その日の食事に合わせて飲むワインを変えたりするらしいんですよねー。まー、俺はワインもそこまで好きじゃないんで、あんま飲まないんですけど。やっぱ飲むなら日本酒が一番すき――」

と、日本酒トークになりかけたところで、はたと気づく。

いつの間にやら、酒場の空気が変わっていることに。

「…………あれ？」

会話を弾《はず》ませているテーブルはひとつもなく、酒場にいる全員が俺の話に耳を傾けている様子。

あろうことか厨房《ちゅうぼう》のコックや女性給仕までこちら——というか俺を見ているじゃないですか。


「「「「………………」」」」


しーんとする酒場。

向こうのテーブルに座る冒険者たちは静かに俺の言葉を待ち、あっちのテーブルに座る若い冒険者たちからは、「続きはまだか！」とばかりにソワソワしている気配が伝わってくる。

極《きわ》めつけは、最奥《さいおう》のテーブルにいたはずのドワーフだ。

歴戦の戦士と思われるドワーフは、気づいたときには隣のテーブルに移動していて、腕《うで》を組みじっと俺を見つめていた。

あ、いま目が合っちゃった。

「……坊主《ぼうず》、ワシのことは気にせんでいい。それより続きを話せ。坊主の故郷の酒の話だ」

「は、はい！」

古強者《ふるつわもの》。これぞベテランって感じの鋭《するど》い眼差しに射貫《いぬ》かれ、ついつい背筋を伸《の》ばしてしまう。

「えーっと、俺の故郷にはいろんなお酒があって――――……」

こうして俺は、たっぷり二時間は日本で手に入るお酒について語ることになるのでした。

◇◆◇◆◇

「……という感じでですね、俺の故郷は交易が盛んでして、いろんなお酒を入手しやすいんですよ」

ひとしきり説明を終えたところ、

「「「ふわぁぁぁ……」」」

冒険者たちが大きなため息をついた。

目をつむり未知のお酒に想《おも》いを馳《は》せる狩人《かりゅうど》。

説明を聞きヨダレを溢《あふ》れさせる魔法使《まほうつか》い。

火が点《つ》くほど強いお酒を飲んでみたいと悔しがるドワーフ。

チョコのお酒と呟《つぶや》き続けるネスカさんに、隙《すき》を見て席を近づけようとするエミーユさん。

反応は様々。共通していることはただ一点。

ここにいるほとんどの冒険者《ぼうけんしゃ》たちは、「お酒が好き」ってことだ。

「ふむ。となると……」

俺はひとり考え込む。

これはひょっとして、とても大きなビジネスチャンスなのではないだろうか？

ジョッキに八割残っているエールをひと口。……うん。やっぱりマズイ。

このエールより美味しいお酒を用意することは簡単だ。

ぷらっとコンビニに行ってお酒を買ってくればいいだけだ。

そして酒場には、お酒を愛する凄腕《すごうで》冒険者――つまりおカネ持ちが多数。

そしていつもと違《ちが》うお酒が飲めるとなれば、多くの――それこそ、所属する『すべての冒険者』が集まるのではないだろうか？

となれば……。

「……いける」

ある考えが思《おも》い浮かぶ。

「うまくいけば一石二鳥――いや、一石三鳥だな。……よし」

自分の目がおカネ色に輝《かがや》きはじめるのを感じつつ、

「うおっほん！」

大きく咳払《せきばら》い。

そのワザとらしい咳払いに、冒険者たちの視線が集まる。

「……ひょっとしてみなさん、俺の故郷のお酒にご興味がおありで？」


「「「ッ!?」」」

「実はですね、一号店には俺の故郷のお酒がいくらか……あり――――」

「「「ッ!?」」」

「いや、そこそこ……」

「「「ッッ⁉」

「うん、実はけっこーありましてね」

「「「ッッッ⁉」」」

「もしみなさんが望むのなら、倉庫に寝《ね》かせてるお酒の販売《はんばい》も考えてみようかなー、なんて」

「「「ッッッッ⁉」」」

「考えてるんですけど、いかがでしょう？」
返答は、光すら置き去りにする勢いだった。
「買う買う買う！　絶対買う！」
「あたしは果物のように甘《あま》いお酒が飲みたいわっ！」
「オイラはオレンジワインってやつを頼まァ！」

「ニポンシュ！　ニポンシュヲノンデミタイ！」

「坊主！　酒だ！　さっき言ってた火が点く酒ってやつを持ってこい！　ドワーフの誇《ほこ》りにかけて飲み干してやる!!」

「ボクも！　ボクもあまくておいしーお酒飲みたいにゃ！」

「…………シロウ、ちょこれいとのお酒ちょうだい。ちょこちょこちょこっ」

テーブルを押《お》しのけ冒険者たちが俺に詰《つ》め寄《よ》ってくる。

なんか最後の方にキルファさんとネスカさんの声が混じっていたような気がするぞ。

俺は冒険者たちにぐいぐいと押されに押され、あっという間に壁際《かべぎわ》まで追い込まれてしまった。

冒険者たちのお酒への渇望《かつぼう》。これはイケる。確実にイケる。

念のためネイさんの方を見ると、

「……」

ネイさんは無言のまま親指を突《つ》き立《た》てていた。

OKってことだ。

「坊主！　それで酒はいつ——むぅ？」

俺は片手をあげ、ドワーフの言葉を押し止《とど》める。

「みなさんのお気持ちはわかりました。では、」

そして——ずっと憧《あこが》れていた、いつか言ってみたいと思っていた、あの言葉を口にするのだった。

「三日後、もう一度ここ《酒場》に来てください。俺の故郷のお酒をご馳《ち》走《そう》しますよ」

第一四話　冒険者たちの宴

この日、この夜、この時だけは『いつもの俺』と違った。

――なにが違うのか？

と問われれば、俺を知る誰《だれ》もがこう答えるだろう。

「あの日のシロウはいつもと違った」

そうなのだ。冒険者ギルドでお酒を振《ふ》る舞《ま》うことになった俺。

お酒を飲むには雰囲気《ふんいき》づくりが大切だ。

ならばとばかりに真っ白なシャツに袖《そで》を通し、黒のスラックスを穿《は》き、黒のベストを身に着ける。

足元は革靴《かわぐつ》で固め、首元には蝶《ちょう》ネクタイ。整髪料《せいはつりょう》で髪《かみ》をオールバックにキメるのも忘れてはいけない。

いまの俺を見た誰もがこう思うだろう。「あ、バーテンダーさんだ」と。

バーテンダーに必要なのは、お酒とバーカウンター。

というわけで、急遽冒険者《きゅうきょぼうけんしゃ》ギルドの酒場に設置したバーカウンターの中に俺は立っていた。

まあ、カウンターと言っても、木の板と木箱で作った簡単なやつだけどね。

「今日のシロウお兄ちゃん、なんかかっこいいな」

「フッ、ありがとうアイナちゃん。アイナちゃんも似合ってるよ」

「えへへ、うれしい」

「よかったわねアイナ」

「うん」

「ステラさんも似合ってますよ。なんか『仕事できる』オーラが凄《すご》いです」

「ふふ、そうですか？　ありがとうございます」

アイナちゃんとステラさんも手伝ってくれるとのことなので、白シャツと黒のエプロンを着てもらっている。二人とも、まるでカフェの店員のようだ。

最初は俺だけでＢＡＲをやるつもりだったんだけれど、「アイナもお手伝いするよっ」とアイナちゃん。

お酒を提供する場に八歳の子供がいるのはなぁ……、と悩《なや》んでいる俺を見て、「じゃ、じゃあ、おかーさんもいっしょならいい？」と訊《き》いてきたのだ。

そのことをステラさんに話したら、「アイナはシロウさんと一緒《いっしょ》にいたいんですよ」と微笑《ほほえ》んでいた。

そこまで言われてしまうと俺も断ることはできない。

子供の積極性を認め伸ばすのが大人の役目だ、ってばーちゃんも言ってたしな。

悩んだ末、俺は時間外のアイナちゃんはもちろん、ステラさんにもバイト代を受け取ってもらうことを条件に、手伝ってもらうことを了承《りょうしょう》。

母娘《おやこ》そろって「バイト代は受け取れないって」と遠慮《えんりょ》していたけれど、「じゃあ手伝わせません」と言ったことで、なんとか受け取ってもらえることに。

そんなわけで、いまだけは士郎商店から『ＢＡＲ士郎』となっていた。

「…………シロウ、準備できた」

手伝ってくれるのはアイナちゃんだけではない。

「桶《おけ》にいれたお酒、ぜんぶ冷たくなってるにゃ」

「ありがとうございますネスカさん、キルファさん」

「うんうん。ボクとネスカに感謝するといいにゃ」

うんうんと頷くキルファさんの後ろには、水を張った桶がいくつも並べられている。

中に入っているのは瓶《びん》ビールだ。

この桶はクーラーボックスの代用品として借りてきたもので、ネスカさんが魔法《まほう》で作った氷もぷかぷかと浮いていた。

きっといまごろ、キンキンに冷えてやがることだろう。

手伝ってくれた報酬《ほうしゅう》は銀貨一枚と、『好きなお酒のボトルを一つ』。

キルファさんは『くだもののお酒』をちょーだいと言い、ネスカさんはやっぱり『ちょこのお酒』。

ステラさんはワインで、アイナちゃんは大いに悩んだ末「えと……んと……ぶ、ぶどうジュース！」ということだった。

ネスカさんとキルファさんの他にも、業務の一環《いっかん》として酒場の女性給仕さんたちも手伝ってくれることになった。

これに関しては、ギルドマスターのネイさんが手配してくれたおかげだ。

「さて、準備が整ったところで……」

酒場の一角に作ったBARシロウ。

カウンター越《ご》しに酒場を見渡《みわた》せば、

「まだか？　まだ飲めないのか⁉」

「見ろよあの酒の数。あんだけあるのにどれも中身が違うって話だぜ」

「ねぇねぇ。ほら、樽《たる》じゃなく硝子《がらす》の瓶に入っているわっ。い、い、い、一本いくらするのかしら？」

「おカネ足りるかなぁ……」

「見たこともない文字が書かれていますね。いったいどこの国のものなのでしょう」

「下手すりゃ海を渡《わた》った大陸の酒かもしれんぞ」

「海ノ向コウノ酒ヲ飲メル。俺タチ、幸運」

大勢の冒険者たちの姿が。

椅子《いす》が足りないのか、立っている冒険者もかなり多い。

もしかしなくても、これ妖精《ようせい》の祝福《しゅくふく》に所属している冒険者が全員集合してるよね？

「「「…………」」」

冒険者たちの視線が俺に——というか並べたお酒に集中する。

この三日間、東京中の酒屋を巡《めぐ》り、ネットショッピングを駆使《くし》して買い集めたものだ。

そのお値段、トータルで三〇〇万円以上。

クラフトビール、メキシカンビール、日本酒、ワイン、ウィスキー、ブランデー、リキュール……なんでもござれだ。

見たこともないお酒を目にした冒険者たちは、なんかもう真剣《しんけん》さが振《ふ》り切《き》れて殺気すら放っていた。

そんな雰囲気がちょっとだけ怖かったのか、

「……」

アイナちゃんが俺の手を握《にぎ》ってきた。

俺は「大丈夫《だいじょうぶ》だよ」と言い、その手を握り返す。

そして——

「えー……それでは、」

「「「ッ!?」」」

「これから～」

「「「「ッッ!?」」」」

「これから～」

「「「「ッッッ⁉」」」」

「慰労会《いろうかい》をはじめたいと思います！」

「「「「「うおぉぉぉぉぉおおおぉぉぉぉ――――――ッッ!!!!!」」」」」


咆哮《ほうこう》があがった。

椅子を蹴倒《けたお》して立ちあがった冒険者たち。

みな、拳《こぶし》を突き上《あ》げて歓喜《かんき》の叫《さけ》びをあげていた。

どんだけお酒飲みたいんだよ。

冒険者たちが静かになるのを待ち、咳払いを一つ。

全員に聞こえるよう、大きな声を出す。

「まずはみなさん。毎日毎日、森での探索《たんさく》お疲《つか》れ様《さま》です。士郎《しろう》商店の店主、士郎・尼田《あまた》です」

そう切り出し、冒険者たちの顔を見回す。

「今日はですね、遺跡を求め命懸《いのちが》けで森を探索しているみなさんに、俺からのささやかな激励《げきれい》ということで、うちの店にあるお酒の一部を持ってきました」

そこで一度区切り、反応を窺《うかが》う。

「マジかあの商人。あんなにあるのに『一部』だって言うのかよ」

「冗談《じょうだん》だろ。どんな豪商《ごうしょう》だってあれだけの数の酒を揃えられりゃしねぇぞ」

「……やはりシロウ商店の店主が錬金術師《れんきんじゅつし》という噂《うわさ》は本当なのでは？」

「フフフ。錬金術師なら酒を作ることぐらいワケないでしょうからね」

「はっ⁉　あの商人は酒も作ってるってことなのか⁉」

「なんでもいい！　不味《まず》いエールじゃもうこりごりなんだ。美味い酒を飲ませてくれ‼」

ここに並ぶお酒が一部と聞き驚《おどろ》く者。

相変わらず俺を錬金術師扱《あつか》いしたがる者。

とにかくお酒を飲ませてくれと叫ぶ者。

俺は言葉を続ける。

「そちらにいる――」

俺は壁際に立つネイさんを手で示し、続ける。

「ギルドマスター、ネイさんの許可もいただけました。本日はみなさんの慰労《いろう》も兼《か》ねています。どうぞ俺の故郷のお酒を堪能《かんのう》してってください！　あ、お代はいりませんよ？　今日は俺の――士郎商店の奢《おご》りとなっています。俺を破産させるつもりでじゃんじゃん飲んでってください!!」

「「「うおおおぉぉぉぉぉぉっ!!」」」

「お酒に合うおつまみも各種ご用意しています。俺の故郷の料理になりますが、こちらもお酒同様、自信をもって『おいしい』と言えますので、どうぞご堪能ください！」

「「「うおおおぉぉぉぉぉぉぉぉーーーーーっっ!!」」」

なぜ三〇〇万円もかけて購入《こうにゅう》したお酒をタダで振る舞《ま》うのか？
いくつか理由はあるけれど、その一つはおカネだ。
今回かかった費用、三〇〇万円を全額未来への投資としたからだ。
俺の考えた作戦はいたって単純。
いくらここにいる冒険者たちがおカネ持ちといっても、見知らぬ国の（本当は異世界だけど）お酒にどれだけおカネを使ってくれるかは未知数。いまは盛り上がっているけど、期待外れだった場合すぐに盛り下がってしまうことだろう。

もちろん買ってきたお酒の味には自信がある。しかし、人によって好みが分かれるのもまた事実だ。

最初に飲んだお酒が好みのものでなかった場合、別のお酒におカネを使ってくれるかはわからない。

ひょっとしたら、やっぱりエールでいいやと言い出すかもしれない。

そこで俺は、まずは冒険者《ぼうけんしゃ》たちの舌と胃袋《いぶくろ》に、地球産のお酒の素晴《すば》らしさを刻み込んでもらおうと考えたわけだ。

タダなら最初に飲んだお酒が好みのものでなかったとしても、だ。

ためらうことなく、いくらでも他のお酒を試《ため》すことができるもんね。

俺の用意したお酒の虜《とりこ》になったところで、後日人気だった銘柄を酒場に卸すもよし、自分の店で販売するもよしだ。

今日投資した三〇〇万円が、将来何倍にも何十倍にもなって返ってくることだろう。

「最後に美しいギルドマスターからお言葉を頂戴《ちょうだい》したいと思います。ネイさん、どーぞ前へ」

俺がそう言うと、事の成り行きを見守っていたネイさんが進み出てくる。

冒険者たちの前に立つと、全員の顔を見回した。

「みなさん、今晩はこちらのシロウさんのご厚意《こうい》に甘え、存分に楽しまれてくださいな。ただし、明日の仕事に差《さ》し支《つか》えがないようにお願いしますね」


「「「うおおおぉぉぉぉぉぉぉぉぉぉーーーーーっ!!」」」


ネイさんが俺を見て、小さく頷《うなず》く。

俺も頷き返す。

「それでは、これより俺の故郷のお酒をご馳走します！　じゃあ最初のいっぱ——わぷっ」

言い終わるよりも早く、冒険者たちが一斉《いっせい》に群がってくる。

お酒を求め、我先にと殺到《さっとう》する冒険者たち。

当初はその勢いに押されていた俺だけれど、

「シロウさんを困らせるのなら、慰労会は中止しますわよ」

とネイさん。

両手を腰《こし》にあて『怒《おこ》ってるポーズ』のネイさんは、殺到する冒険者たちに睨《にら》みを利《き》かせる。

この一言による効果は、覿面《てきめん》だった。

冒険者たちは居心地悪そうな顔をすると、すごすごと列を作りはじめたではないか。

「…………ギルドマスター、ぐっじょぶ」

列が作られるのを見たネスカさんが言う。

その手にはいつのまにやら、チョコレートリキュールのボトルがしっかりと抱《かか》えられていた。

殺到する冒険者たちを見て、自分の取り分《報酬》がなくなることを恐《おそ》れたのかもしれない。

「シロウさん、もう大丈夫ですわよ」

ネイさんに促《うなが》され、俺は蝶ネクタイの位置を戻《もど》す。

「では改めまして、最初の一杯《いっぱい》は俺の大切な友人であるライヤーさんに飲んで貰《もら》いたいと思います！　ライヤーさん、どうぞこちらへ！」

「おう！」

冒険者たちの羨望《せんぼう》の眼差《まなざ》しを受けながら、ライヤーさんが俺の前に立つ。

「こちらのライヤーさんは、この町で商売をはじめた俺の最初のお客さんでもあります。最初の一杯を飲んで貰うのに、ライヤーさん以上の適任者はいません。さあライヤーさん、どんなお酒をお求めですか？」

今日の俺はバーテンダー。

そんな芝居《しばい》がかった俺の言葉が面白《おもしろ》かったのか、

「うまいやつをくれ！　一番うまいやつだ！　酒場のエールにはもう飽《あ》き飽《あ》きしててな、おれの喉《のど》がうまい酒を飲ませろって騒《さわ》いでやがるんだ」

これまたライヤーさんも芝居がかった答えを返す。

ホント、ノリがいいよなこの人は。

「フッ、困りますねライヤーさん……。うちのお酒はどれも美味《おい》しいものばかりですよ？それに好みによって『一番美味しいお酒』は変わりますからねぇ」

「そ、そうなのか？　ならどうすっかなぁ……ん？　それ！　その氷水に浸《つ》かってる酒はなんだ!?」

「あれは『ビール』と言いまして、独特の飲みやすい味わいが特徴《とくちょう》のお酒です。いまならライムと呼ばれる果物をサービスでつけていますので、果汁《かじゅう》を絞《しぼ》って入れると美味しさが何倍にも引き立ちますよ。俺がおすすめするお酒の一つなんですが、どうでしょう？」

俺のトークに、ライヤーさんはゴクリと生唾《なまつば》を飲み込む。

「よ、よし！　ならそれをくれ！」

「かしこまりました」

俺は目でアイナちゃんに合図を送る。

アイナちゃんは頷き、クーラーボックス代わりの桶の中から瓶ビールを持ってくる。

しっかりタオルで水を拭《ふ》きとり、キャップを外してから、くし形切りしたライムを瓶の口に刺《さ》す。

「おまたせしました」

アイナちゃんから、ビールを受け取るライヤーさん。

「ありがとよ、お嬢《じょう》ちゃん」

「えと、この『らいむ』をね、ぎゅーってしぼるとお酒がおいしくなるんだって……です」

アイナちゃんは、あたふたしながら飲み方を説明する。

いま渡したのは、日本で最も飲まれているメキシカンビールだ。

BARにいけばほぼ必ずと言っていいほど置いてあるし、なんならコンビニやスーパーでも売っている。

「ふーん。こうか?」

ライヤーさんがライムを絞ると、飲み口から伝い落ちた果汁がメキシカンビールに混ざっていく。

一連の動作を見守っていた冒険者たちから、「おぉ……」と声が漏《も》れた。

果実《ライム》を絞って入れる飲み方が、新鮮《しんせん》だったのかもしれない。

「そんじゃ、まずはひと口…………ッ!?」

ライヤーさんが目を見開く。

「……っぷはぁ！　な、なんだこの酒は!?　しゅわしゅわしてて、薄味《うすあじ》なのに果汁の酸《す》っぱさがまたコイツを美味《うま》くして……しかもバカみたいに冷えてやがるからいくらでも飲めちまう！　――んぐっ、んぐっ、んぐっ――ふぅ……うめぇ。こんなうめぇ酒を飲んだのははじめてだ!!」

「お気《き》に召《め》したようですね。じつはですね、そのビールは塩を一つまみ入れると更《さら》に美味しくなりますよ。試してみますか？」

そう言って俺は、小皿に盛った塩（岩塩）をカウンターに置く。

再び、ヒゲを生やした冒険者が喉を鳴らすのがわかった。

「塩か。試さねぇわけには――っと、あぶねぇあぶねぇ。あんちゃんは商人だったな」

ライヤーさんが、楽しそうに笑う。

「なあ、あんちゃんよ、そんな簡単に塩をすすめちゃいるけど、その塩一摘《ひとつ》まみでいくら取るつもりなんだ？　どんだけ美味くなるっつってもよ、酒より高かったら世話ねぇぜ」

こっち《異世界》に来た初日、串焼《くしや》きを買ったけど味がついていなかった。

そのことからもわかるように、辺境では塩やコショウは高価な嗜好品《しこうひん》なのだ。

警戒《けいかい》するのもしかたがないというもの。

だから俺は、「チッチッチ」と舌を鳴らしながら人差し指を振った。

「もちろん塩もサービスですよ」

「本当か⁉」

「ええ、本当です。ああ、でも入れすぎると逆にまずくなってしまいますので気をつけてくださいね。他にも、塩を舐《な》めてからビールを飲むのもおすすめですよ」

「わかった」

ライヤーさんは少し迷ったあと塩をつまみ、

「こんなもんか？」

「そんなもんですね」

ビールへ入れる。

「どれ……んく、んく、んく…………っ⁉」

「どうです？」

俺の質問にライヤーさんは恍惚《こうこつ》とした顔で。

「なんだよ、この爽快感《そうかい》はよぉ。塩とエール――んぁ、ビールだったな。酒と塩がこんなにも合うなんてよ……」

空になった瓶を見つめたあと、

「もう一本くれ！　こんな美味いモン、一杯で満足できるわきゃねーぞ！」

カウンターに身を乗り出し追加注文。

しかし――

「おいこらライヤー！　飲んだんならさっさと後ろにいきやがれっ。後がつっかえてんだよ!!」

「「「そーだそーだ！」」」

「こちとらテメェが飲み終わるまで黙《だま》って待っててやったんだからなっ！」

「「「そーだそーだ!!」」」

冒険者たちから起こる、大ブーイング。

極めつけは、古強者のドワーフからのひと言だ。

「…………小僧《こぞう》、いまならまだ見逃《みのが》してやる。早くそこを空けろ」

強面《こわもて》ドワーフがドスの利いた声を響《ひび》かせ、ライヤーさんはすごすごと後ろに下がり最後《さいこう》尾《び》に並ぶ。

「では次の人、どうぞ！」

そこからはもう、戦場さながらの忙《いそが》しさだった。

人生で一番忙しい時間だったかもしれない。

俺《おれ》もライヤーと同じのをくれ！」

「わかりました。アイナちゃん、お願いしていい？」

「ん！　こ、こちらへどーぞ！」

メキシカンビールを求める人はアイナちゃんに任せ、

「わたし、エールは好きじゃないのよねぇ。他にいいお酒はないかしら？」

「ならワインなんかはどうでしょう？」

「そういえばこないだお兄さんが言ってたわね。いろんな種類があるって」

「ええ。本日は定番の赤、白、ロゼの他にもオレンジワインを用意させてもらいました」

「せっかくだし、その『おれんじワイン』をもらおうかしら？」

「かしこまりました。ステラさん、そこの右から四番目のボトルをこのグラスに注いでください」

「は、はい！」

ワインを欲《ほっ》する人はステラさんにお任せする。

「次の方どうぞ！」

そんな感じに行列をさばいていると、

「……坊主、約束だ。火がつくほど強い酒ってやつを飲ませてもらおうか」

ついに古強者のドワーフが、俺の前へやってきたのだった。

第一五話　英雄《えいゆう》との避《さ》けられぬ戦い

古強者《ふるつわもの》のドワーフは腕《うで》を組み、挑《いど》むような眼光《がんこう》を向けてくる。

彼《かれ》の要求はとてもシンプルなものだ。

「一番強い酒を出せ」

ただその一点に尽《つ》きる。

ネスカさんからドワーフ族は大飯食《く》らいで大酒呑みばかり、って聞いていたけれど……なるほど。

開口一番強いお酒を要求するあたり、アルコール耐性《たいせい》には自信アリってわけですか。

「聞こえなかったのか坊主《ぼうず》？　酒だ。この問うそぶいていた酒をもらおうか。いまさら冗談でしたとは言わせんぞ」

「フッ、冗談なものですか」

俺は一本のボトルを取り出す。

「これが先日俺が話していた火の点くお酒、『スピリタス』です！」

――スピリタス。

お酒好きなら、誰もが一度は耳にしたことがあるウォッカの名だろう。

日本では第4類危険物に該当《がいとう》し、タバコの火程度でも引火の可能性がある、いろんな意味で危険なお酒だ。

そのアルコール度数は、驚異《きょうい》の九六パーセント。

「ふむ。水のように透《す》き通《とお》っておるのう。本当に酒か？」

「何度も蒸留を繰《く》り返《かえ》すことによって無色になるんです。見た目は水でも、匂《にお》いを嗅《か》いでみればお酒であることが一発でわかりますよ。それより……本当にこのお酒――スピリタスでよろしいんですか？　いまならまだ変更《へんこう》もできますよ。個人的には他の方と同じように、ビールやワインを飲むことを強く勧《すす》めますけどね？」

と諭《さと》すように俺。

もともとスピリタスなんて、タチの悪いジョークか罰《ばつ》ゲームでしか飲まないようなお酒だ。

純粋《じゅんすい》にお酒を楽しむ意味でも、できれば美味しいものを飲んでもらいたい。

そんな想《おも》いから出た言葉だったのに、

「オイオイオイ、あの兄さんエルドスの旦那《だんな》を煽《あお》ってるぜ」

「まさか『不壊《ふえ》のエルドス』を知らないってのか⁉」

「この町は最果ての辺境なのよ。エルドスの名を知らなくてもおかしくはないわ」

「旦那は十六英雄の一人だぞ？　王都なら冒険者どころかガキだって知ってるぞ」

冒険者たちがざわつきはじめた。

どうやら目の前にいるドワーフは、冒険者たちの間では超がつくほどの有名人だったらしい。


「くっくっく」

ドワーフ――エルドスさんが楽しげに笑う。

「このワシを挑発《ちょうはつ》するか坊主。いいだろう、その挑発――乗ってやるわい！」

そう言うとエルドスさんは、木製のジョッキをどんと置いた。

居酒屋だったら、『メガ』の名がつくほどのサイズ感。

これ、ひょっとしなくてもボトルの中身が全部入るよね？

「さあ坊主、その酒をこれに入れろ」

「いや、さすがにその大きさは……」

ずいとジョッキを突き出《だ》され、俺は続く言葉を失う。

いくらドワーフが大酒飲みだと聞かされてはいても、イコールお酒に強いとは限らない。

そしてスピリタスは、アルコール度数がめちゃんこ高いお酒だ。

俺としてはショットグラスで飲んでもらうつもりだったのに、まさかメガサイズのジョッキを出されるとは思ってもみなかったぞ。

「どうした坊主、酒が惜《お》しいか？　安心しろ。カネならたんまりとある。心配しなくていい。……むう。なんじゃいその顔は。まさか怖《お》じ気《け》づいた、とは言わんよな？」

といぶかしげにエルドスさん。

俺は頷き、答える。

「……はい。実はちょっとビビってます。このスピリタスは、少量を飲んだだけでも足下《あしもと》がフラつくほど強いお酒なんです。なのにそんなにも大きなジョッキを出されるなんて……。あ、そうだ！　まずはひと口分から飲んでみませんか？　それで大丈夫なようなら、続いてもうひと口、という感じで小分けに飲んでいって――――って、あれ？」

「……」

見れば、エルドスさんは黙り込み、肩《かた》をぷるぷると震《ふる》わせているじゃあないですか。

代わりに口を開いたのは、冒険者たちだった。

「見ろよ！　あの兄ちゃん、エルドスをさらに煽っているぞ！」

「酒をひと口分だって？　完全にガキ扱《あつか》いじゃないか！　エルドスは二〇〇歳超《さいご》えのドワーフだぞ！」

「アイツ、オイラたちドワーフをバカにしてるのか？　ドワーフはみんな哺乳瓶《ほにゅうびん》の代わりに酒樽《さかだる》抱《かか》えて育ってきたんだいっ」

「あの英雄エルドスを子供扱いするとは……なんて無謀《むぼう》な若者なの」

なんか、冒険者たちがざわつきにざわついているんですけど。

違《ちが》うんです。煽ってるんじゃないんです。

冗談《じょうだん》抜《ぬ》きに、マジでこのスピリタスはヤバイお酒なんです。

「坊主、お主ワシを侮辱《ぶじょく》するかっ！　こちとら酒に酔《よ》ったことなど一度たりともないわ。ワシを甘《あま》く見《み》るな!!」

「してませんし甘く見てもいませんよ！　エルドスさん——て呼ばせてもらいますね？　エルドスさんは知らないかもしれませんけど、お酒って飲み過ぎると死んじゃうんですっ。嘔吐《おうと》した嘔吐物が喉に詰《つ》まったりして！　俺の故郷じゃ、毎年何人かはお酒が原因で亡《な》くなってるんです。俺が酒を出す以上、無茶《むちゃ》な飲み方は絶対にさせません。飲むなら——」

俺はショットグラス（ひと口分しか注げないグラス）をカウンターに置き、続ける。

「このグラスじゃないと出しませんからね」

エルドスさんが持つジョッキに比べると、ショットグラスのなんと小さいことか。

まるで月と枝豆だ。

「その喧嘩《けんか》買《こ》うてやる！　坊主！　いますぐ表に出ろ‼」

叫ぶや否《いな》や、エルドスさんは上着を脱《ぬ》ぎ捨《す》て、逞《たくま》しいを遥《はる》かに超《こ》えたバッキバキな肉体を披露《ひろう》。

あごでくいと外を指し、拳をボキボキと鳴らす。

突然《とつぜん》のバトルの予感。

低い。冒険者はケンカまでの敷居《しきい》が低いよ。

慌《あわ》てる俺。もっと慌てるアイナちゃんたち。

しかし、救いの手は思わぬところからやってきた。

「エルドス様、落ち着いてください」

「なんじゃい お主は？」

「私は天空神フロリーネに仕える神官で、名をロルフ・フォス・モーツェルと申します」

この窮地《きゅうち》に現れたのは、ロルフさんだった。

ロルフさんは、ニコニコと微笑みながら一礼。

俺とエルドスさんの間に入る。

「ふんっ。神官がワシに何用じゃ！　説教でもするつもりか？　それともワシと坊主の立会人が望みか？」

「まさか、そんなつもりはありません。ただ、こちらのシロウ殿《どの》は私の友人でして」

「ほう。友人とな」

「はい友人です。大切な友人ですとも」

とロルフさん。

怒気《どき》を含《ふく》んだエルドスさんの言葉を、柔和《にゅうわ》な笑《え》みで見事に捌《さば》いていく。

「坊主を庇《かば》うつもりか？　ワシは二対一でも構わんぞ。その体じゃ。こっ、こっちも自信があるんじゃろうよ」

拳を握り、何かをぶん殴《なぐ》るフリをするエルドスさん。

ロルフさんの体格を見て、ただの神官ではないと見抜《みぬ》いたのだろう。

「ご冗談を。私はエルドス様を止めにきただけです。見ての通り、シロウ殿は争いごとを得意としておりません」

この言葉に俺は全力で頷く。

「ケンカは苦手です。というか痛いこと全般《ぜんぱん》が苦手です。だって痛いからっ」

「いまのシロウ殿の言葉を聞きましたか？　お二人がケンカをしても、エルドス様が一方的にシロウ殿を痛めつけるだけで終わるでしょう。十六英雄に数えられるお方が、まさか無抵抗《むていこう》の者を痛めつけるおつもりですか？　今まで築き上げてきた名声が泣きますよ」

「……その坊主がドワーフの誇《ほこ》りを傷つけたのが悪いんじゃ」

拗《す》ねたようにエルドスさん。

ちょっと冷静さを取《と》り戻してきたみたい。

「それはホント誤解です。俺はこのスピリタスを飲むつもりが逆に飲まれてしまい、フラフラになる人を何人も見てきました。俺の店の評価のためにも、そしてここ冒険者ギルドにご迷惑《めいわく》をかけないためにも、なによりエルドスさん自身の健康のためにも、一度にたくさん飲ませるわけにはいかないんです」

「……」

「エルドス様、私の友人の想いを汲《く》んでは頂けないでしょうか？」

「その坊主が言いたいことはわかった。じゃがな、ワシらドワーフは、そんなちびっとな酒じゃ、酒のうちにも入らんぞ」

「そうでしょうね。ですから私から一つ提案があります」

「なんじゃ。言うてみい」

「では、」

ロルフさんはそこで一度区切ると、俺に顔を向ける。

「シロウ殿、神官が使う神聖魔法に『解毒《キュア》』という魔法がありましてな。この神聖魔法には、毒以外にも酩酊《めいてい》状態を治すことができるのです」

「おおっ！　そんなすごい魔法が！」

なんて便利な魔法なんだ。異世界バンザイ。

確かに酔っているときって、状態異常のようなものだしね。

「万が一にもエルドス様が酩酊し立てなくなった場合、すぐに私が『解毒』を用いて酔いを覚まします。いかがでしょう？　この条件ならエルドス様にそちらのお酒を飲ませてみても良いのでは？」

「そうですね……」

俺はふむと考え込む。

お酒の怖いところ《暗黒面》は、急性アルコール中毒にある。

飲酒により意識レベルが低下し、嘔吐、呼吸状態が悪化するなど危険な状態に陥《おちい》り、最悪死に至るのだ。

しかし、その危険性をロルフさんの魔法により解決できるのであればどうだろう？

勇猛果敢《ゆうもうかかん》なドワーフ《エルドスさん》に、スピリタスの脅威《きょうい》を味わってもらうのもいいかもしれない。

「わかりました。その条件でならスピリタスをお出ししましょう」

「シロウ殿はこうおっしゃってますが、エルドス様はいかがでしょう？」

「ワシもそれでいい。じゃがな坊主、さっきも言うたが、ワシは酒で酔ったことなど一度も無い。酒はワシらドワーフの血液じゃ。強ければ強いほど滾《たぎ》るというもんじゃわい！」

エルドスさんが俺を睨みつける。

「足下がフラつくじゃと？　フンッ。いままで数多《あまた》の魔物《まもの》と戦斧《せんぷ》を交えてきたが、ただの一度も地に膝《ひざ》を突《つ》いたことがないのがワシの誇りじゃ。デーモンロード《魔神王》、エンシェントドラゴン《古代竜》、ノーライフキング《死霊王》……どいつもこいつも呆《あき》れるほど強かったがのう、ついぞワシに膝を突けさせることはできなんだ」

冒険者たちから「おお……」と感嘆《かんたん》の声があがった。

背後に立つネスカさんが、ぽつりとこぼす。

「…………どれも伝説級の魔物」

英雄の名は伊達《だて》ではないってことですか。

「さあ坊主、その酒をよこせ！」

ジョッキを掲《かか》げるエルドスさん。

俺はボトルのキャップを外す。

「一気に飲まないでくださいね？　危ないと思ったらすぐに飲むのをやめてくださいね？」

「ハンッ。ワシがフラつきでもしたら、坊主の頼《たの》みをなんでも聞いてやるわい」

「じゃあ、エルドスさんがフラつかなかった場合、俺はどうしたらいいですかね？」

俺の問いに、エルドスさんが笑う。

「今後、坊主が売る酒はすべてタダにせい。それでどうじゃ？」

「……わかりました。賭《か》け事《ごと》は好きじゃないですけど、それでいいですよ」

「よう言うた！　さあ、目《め》一杯《いっぱい》注ぐんじゃ！　ケチケチしてはいかんぞ？　酒はな、杯《さかずき》から溢《あふ》れるまで注ぐもんなんじゃ」

「はいはい、いま注ぎますよ」

俺はメガジョッキに、スピリタスをどぼどぼと。

「むぅ、確かに酒精が強いのう。いままで嗅いだどんな酒よりもきつい匂いをしておるわ」

スピリタスの強烈《きょうれつ》なアルコールの匂いに、エルドスさんが嬉《うれ》しそうに笑う。

そしてこの場にいる全員が見守るなか――

「どれ……んく、んく、んく、んく、」

ジョッキを逆さまにし、喉を鳴らして飲み干していったではないか。

あのスピリタスを。なんのためらいもなく。

あれほど一気に飲まないでって念押《ねんお》ししたのに。

「マジかよ」

「んく、んく、んく…………………っぷふぅ。ぐう、腹のなかが焼けるようじゃわい。だが……どうじゃ坊主？　ワシは酒に酔うているか？」

エルドスさんの眼光は、いささかも陰《かげ》りがない。

むしろアルコールを摂取《せっしゅ》したからか、より鋭《するど》さを増していた。

俺は降参とばかりに手を上げる。

「お見それしました。俺の負けです」

どうやらドワーフは、お酒にめっぽう強いらしい。

「がっはっは！　やっとわかったか。じゃが賭けは賭けじゃ。今後ワシが飲む酒はすべて坊主の奢りじゃからな？」

「わかってます。でもみんなの分まで飲まないでくださいよ？」

「なら精々美味い酒でワシを満足させることじゃな。そうすればワシの喉も多少は潤《うるお》うかもしれんぞ。まあ、ワシは酔うたことなど一度もないがのう。一度もな！　がっはっは

「はっは――――――――きゅう」

背を反らして大声で笑っていたエルドスさんは、そのまま後ろにバタンと倒《たお》れてしまった。

「「「「……」」」」

突然の事態に酒場がしーんとする。

俺はすぐに動いた。

そばに駆《か》け寄《よ》り、耳元で大声を出す。

「エルドスさん？　エルドスさーん!!　ちょっと聞こえます――あ、これ完全にダメなヤツだ。ロルフさん、急いでエルドスさんに魔《ま》法《ほう》をかけてください！　さっきの酔いを覚ますヤツです！」

「しょ、承知しました」

ロルフさんも、まさかこんなことになるとは思ってもみなかったんだろう。

急いで祈《いの》りの言葉を唱え、

『解毒』

魔法をエルドスさんにかける。

意識のないエルドスさんは半笑いのまま魔法を受け、その体をほのかに明るくするのだった。

◇◆◇◆◇

「エルドスさん、俺言いましたよね？　小分けにして飲みませんか、って」

「う、うむ。言うてたような気もするな」

「言いました。俺、ハッキリと言いました！　なのに一気飲みだなんて……まったく、ロルフさんがいなかったら、いまごろポックリ逝《い》っちゃっててもおかしくないんですからね？」

「……わかっておる。あの神官にもあとで礼を言うておくつもりじゃ」

「当然です。はぁ、英雄だかなんだか知りませんけどね、お酒は本来楽しむために飲むものなんです。なのにあんな飲み方して……お酒に失礼だとは思わないんですか？」

「むぅ……」

俺は意識を取り戻したエルドスさんを叱《しか》っていた。

思い切り叱っていた。

「あの兄さん、エルドスの旦那に説教してやがる」

「あんな縮こまった旦那は初めて見るぜ！」

「しっかしよ、膝どころか一発でぶっ倒れてたよな？」

「英雄を初めて倒したのがお酒なんてね。ふふ……わたしも興味があるわね」

「あれなんて酒だったたっけ？」

「えと……すぴなんとか言ってたよな？」

「もう『英雄殺《えいゆうごろ》し』でいいんじゃねぇか？」

「いいなその銘《めい》。俺も英雄殺し飲んでみるかな」

「あ、ならアタシもー！」

ざわつく冒険者たちをそのままに、俺はエルドスさんを叱り続けた。

ニノリッチ発祥《はっしょう》の『英雄殺し』と呼ばれる酒が、大陸各地を席巻《せっけん》するのはもう少しあとのことだった。

第一六話　本当の理由

宴《うたげ》がはじまり、すでに六時間ばかり。

「あんな美味い酒を豪勢《ごうせい》に振《ふ》る舞《ま》うなんて、さすがあんちゃんだな」

ライヤーさんがそう言ってきたのは、宴《えん》もたけなわになった頃《ころ》。

狂乱《きょうらん》の宴も終わりが近づき、いまじゃまともに動ける人の方が少ないぐらいだ。

脱ぎ出す冒険者が現れはじめたところで、ステラさんにはアイナちゃんを連れて帰宅してもらった。

アイナちゃんは残りたがっていたけれど、子供が見てはいけない大人の世界もあるのだ。

「…………シロウのお酒おいしい。こんなお酒ははじめて」

「ボクもボクもーっ。故郷の母ちゃんと父ちゃんにも飲ませてあげたいぐらいなんだにゃ」

本日の営業は終了《しゅうりょう》しましたとばかりに、蝶《ちょう》ネクタイを外し椅子《いす》に座《すわ》った俺。

同じテーブルには、ライヤーさんの他にネスカさんとキルファさんもいる。

あとはロルフさんがいれば『いつものメンバー』、と言えるんだろうけど……残念なことに、ロルフさんは酔い潰《つぶ》れた人たちに解毒の魔法をかけてまわっていた。
スピリタスに挑み、敗北した冒険者《ぼうけんしゃ》は床《ゆか》のあちこちに転がっていて、なぜかその中には
エミーユさんの姿も。
もともと一人酒しちゃうような人だったから、今日もぐでんぐでんになるまで飲んでし
まったんだろうな。
「しっかし、いくらあんちゃんの店が儲《もう》かってるからってよ、今回の大盤《おおばん》振《ぶ》る舞いはさす
がのあんちゃんでも懐《ふところ》が寒くなったんじゃないか？」
ライヤーさんが訊《き》いてくる。
気に入ったのか、その手にはメキシカンビールが握《にぎ》られていた。
日本から持ってきたお酒はどれも好評を博し、三〇〇万円分のお酒が一夜で消費された。
どれほどの盛り上がりだったか、わかるというものだ。
「確かに痛い出費ではありました。けれどこれでよかったんですよ。だってこれでここの
冒険者たちは、俺が今後お酒を販売《はんばい》したら飲まずにはいられなくなるでしょう？」
俺がそう言うと、ライヤーさんは呆れたように笑った。
「もう味を覚えちまったから、ってわけか。かぁーっ。しっかりしてやがる。抜《ぬ》け目《め》ない
な、腕利《うでき》き商人さんよ」

「あはは。腕利きじゃないですって。でも、半分ぐらいは冒険者たちのストレス発散も兼《か》ねてますよ？　いくら冒険者の日常と聞かされてはいても、慣れていない俺からすると目の前でケンカされると怖いもんですよ。それに、ここにはアイナちゃんも納品に来たりします。だから……やっぱりねぇ」

「うんうん。ここにはアイナも仕事でくるもんね。子供に怖い思いをさせちゃダメなんだにゃ。シロウってばやっさしーっ！」

「いったー⁉」

キルファさんがバシバシ背中を叩《たた》いてくる。

酔っているからか、けっこー痛い。

「にゃははっ。シロウってば大げさにゃ。ボクそんなに強く叩いてないよ？」

「いや、めっちゃ痛いですよ？　絶対アザになってるレベルですっていまの！」

「うっそだー」

再びバチコン。追加ダメージが入る。

それを見てまたみんなで大笑い。

ひとしきり笑ったあと、ライヤーさんが小声でこう訊いてきた。

「で、ホントの目的は達せられたのか？」

その顔には、お見通しだぜと書かれている。

「冒険者たちのストレス発散、酒を飲ませてその味を胃袋《いぶくろ》に教え込む、そんで――」

ライヤーさんが指を一本、二本と立てていき、三本目でこう言ってきた。

「ちびっこい嬢《パティ》ちゃんの人捜《ひとさが》し。違うか？」

「……気づいてましたか？」

「まーな。酒が飲めるって聞けば、冒険者なんざホイホイ集まるだろうからな。それで……いたのか？」

「それは本人に訊いてみないとわかりませんね。せっかくだし訊いてみますか」

俺は立ち上がり、バーカウンターの端《はし》に置いていた木箱を持って戻《もど》ってくる。

「親分、親分の友だちはいたかな？」

木箱に小声で話しかける。

なにを隠《かく》そうこの木箱にはパティが入っていて、空けた穴から慰労会《いろうかい》の様子をずっと見ていたのだ。

返事があるまで、ちょっとだけ間があった。

「……いなかった」

パティの声にいつもの覇気《はき》がない。

「……そっか。となると親分の友だちは冒険者じゃなさそうだね」

俺が冒険者を集め、慰労会を開いた本当の目的。

それは、パティの友だちを捜《さが》すためだった。

森で会っていたということは、パティの尋《たず》ね人《びと》が冒険者の可能性もある。

そう考えた俺は、冒険者が一堂に集まるこの慰労会を企画《きかく》したのだった。

結果は、残念ながら空振《からぶ》り。

「悪かったな。その……ボ、ボーケンシャってのを集めるのも大変だったんだろ？」

「そこは気にしなくていいよ。半分は俺のためでもあったしね」

「そんでもう半分はおれたち冒険者のためだろ？」

「正解！　だから親分、ホント気にしないでね」

「本当に……わ、悪かった」

「謝《あやま》らなくていいって。むしろ、冒険者じゃないってわかっただけで収穫《しゅうかく》だよ。これで捜すのを住民に絞《しぼ》れるしね。大丈夫《だいじょうぶ》。きっと見つかるよ」

パティは、最後まで「ごめん」と謝っていた。

あたいのためなんかにごめん、と。

それは、優《やさ》しさに慣れていない者の言葉だった。

第一七話　真実

けっきょく、次の日も、その次の日も見つからなかった。

捜しはじめて、もう一週間。

首飾《くびかざ》りを頼《たよ》りに町を何周もした。特徴《とくちょう》を書いた張り紙だってした。

それでも、パティの友だちは見つかっていなかった。

「「……」」

仕事の合間に捜し、閉店後にも捜す。

夕食時になってしまったため、今日の人捜しはこれまでだ。

店に戻ってきた俺たちは、二階に上がりソファに腰《こし》を下ろしていた。

「……」

パティは落ち込んでいた。

それも、思い切り。

「パティちゃん……」

落ち込むパティを見て、アイナちゃんもしょんぼりだ。

「ひょっとしたらニノリッチの町を出ちゃったのかもしれないな」

俺がそう言うと、やっとパティが反応を返してきた。

「ど、どういうことだ？」

「只人族《ヒューム》が住む場所はさ、この町だけじゃなくたくさんあるんだ。だからパティの捜してる人は、他の町に行ってしまったのかもしれない」

ニノリッチは田舎町《いなかまち》。若者ならもっと発展した町に移り住んだり、出稼《でかせ》ぎに行っていてもおかしくはないという。

日本でも進学をきっかけに都会に引《ひ》っ越《こ》す若者は多いしね。で、そのまま定住することも。

「そういえば族長もそんなこと言ってたな。只人族はいくつも里があるって。いくつだ？只人族の里はいくつぐらいあるんだ？」

答えたのはアイナちゃん。

「パティちゃん、只人族がすんでるところはね、いっぱい、いーっぱいあるんだよ」

「いっぱい⁉　じゅ――いや、に、二〇ぐらいかっ？」

「ううん。もっともっといっぱい」

「じゃ、じゃあ三〇かっ？」

「もっともっといーーーーっぱい、あるの」

「そんなにあるのか……」

アイナちゃんの言葉に、パティが肩を落とす。

「そんなの、どうやって見つければいいんだよ……」

パティの目に涙《なみだ》がじわりと浮《う》かぶ。

それだけ大切な人なんだろう。

なんて言葉をかけていいか悩《なや》んでいると、

――ドンドンドンッ

不意に、店の扉《とびら》を叩く音が聞こえた。

次いで、「シロウいるか？」との声も。

窓から下を覗《のぞ》くと、カレンさんの姿が。

「カレンさん？」

二階から声をかける。

「よかった。ここにいたか。実は君たちの捜している者が誰かわかったかもしれなくてな」

「ホ、ホントですか？」

「ああ。よければ中にいれてもらえないだろうか？」

「い、いまカギを開けますね」

◇◆◇◆◇

「あの首飾りのことがどうにも気になってな。家に帰って調べてみたよ。これを見てくれ」

カレンさんが手に持っていた木箱を開ける。

そこには、パティと同じデザインの首飾りが入っていた。

「っ⁉　こ、これ――これです！　これを探してたんです‼」

「やはりそうか。君たちが探していたのはこの首飾りだったのか……」

「カレンさん、この首飾りをどこで？」

「なんてことはない。見たことがあるはずだ。この首飾りはわたしの高祖父が――ニノリッチの初代町長が持っていたものだ。シロウ、君が捜していた首飾りの持ち主は、わたしの高祖父ではないか？」

カレンさんの言葉に俺《おれ》は呆然《ぼうぜん》としてしまう。

「シロウお兄ちゃん、こーそふって、なぁに？」

「おじいちゃんの、そのまたおじいちゃんのことだよ」

そう説明すると、

「っ……」

アイナちゃんも黙《だま》り込んでしまった。

それがどういう意味か、わかってしまったからだ。

「シロウ、どうして君たちがわたしの高祖父を捜していたんだ？」

「それは……」

「えっとね、カレンお姉ちゃん、その……んと……」

俺とアイナちゃんが言いよどんでいると、

「あたいが頼《たの》んだんだよ」

パティがカバンから出てきた。

そのままアイナちゃんの肩に降り立つ。

「そんな……妖精《ようせい》……？　し、シロウ、彼女《かのじょ》は……これはいったい……」

「事情を説明しますね」

俺はカレンさんに事情を説明した。

森でパティと出逢《であ》ったこと。命を助けられたお礼に、人捜しをすることになったこと。

その捜している人が、首飾りの持ち主――つまり、カレンさんの高祖父だったこと。

すべて話した。

「……そうか。にわかには信じがたいが、わたしの高祖父とそこの妖精――パティが知り合いだったのか」

「知り合いなんてもんじゃない。あたいとアイツはお互《たが》いに唯一《ゆいいつ》の友だちだったんだぞっ」

カレンさんを見つめたまま、得意げに語ってみせるパティ。

「それでお前、アイツはいまどこにいるんだ？」

「ン、どういう意味かな？」

「アイツだよ、アイツ。お前、アイツの子供の子供の子供の……と、とにかく、お前はアイツと血が繋《つな》がってるんだろ？」

「そうだが……？」

「じゃあアイツがどこにいるか知ってるんじゃないか？」

「君はなにを言って……っ⁉」

カレンさんがはっとする。

そして、

「そうか。……そういうことか」

何かに気づいたように一人呟《つぶや》いた。

「パティ、君たち妖精族《フェアリー》の寿命《じゅみょう》はどれぐらだ？」

「寿命？　なんだってそんなこと――」

「大事なことなんだ。教えてくれ」

「あたいたち妖精族の寿命は三〇〇〇年ぐらいって族長が言ってたな。あたいはまだ三〇〇年ぐらいしか生きてないけどさ」

「「っ⁉」」

明かされた衝撃《しょうげき》の事実に、俺とアイナちゃんは言葉を失ってしまう。

「……只人族の寿命は、一〇〇年もない。つまり、君が捜しているわたしの高祖父は……その、ずいぶん昔に亡くなっているのだ」

カレンさんが申し訳無さそうに説明する。

それを聞いたパティが、呆然とした顔で呟いた。

「……ウソだろ」

幕間《まくあい》

パティ・ファルルゥ。
その意味は、古い妖精族《フェアリー》の言葉で『運命を切り開く者』。
不憫《ふびん》なパティを見かねた族長が、せめてもと授《さず》けた名だ。
けれど、妖精族の里ではパティの名を呼ぶ者は誰《だれ》もいなかった。
そう、実の両親すらも。
他の妖精は皆《みな》、パティのことをこう呼んでいたからだ。

忌《い》み子。
災《わざわ》いを呼びし者。
呪《のろ》われ子。
森に愛されぬ哀《あわ》れな娘《むすめ》。
そして――――呪《のろい》持ち。

パティの腹部には、生まれつき奇妙《きみょう》な紋様《もんよう》がある。

妖精族に『災厄《さいやく》を招く』と伝わる紋様は、呪と呼ばれていた。

伝承がそう言っているのだ。

当然、呪を持つパティは他の妖精から忌み嫌《きら》われた。

『近寄らないでもらえるか』

『……忌み子が』

『さ、触《さわ》らないで！　向こうへ行って‼』

『なぜ族長は呪持ちを里から追放せぬのだ……』

妖精の里にパティの居場所はなかった。

パティはそれが辛《つら》くて、辛くて辛くて……月のない夜ついに里を飛び出した。

妖精の掟《おきて》は里から出ることを許してはいない。

けれど仕方がないだろう？　パティには居場所がなかったのだ。

——誰もあたいのことなんか気にしちゃいないんだ。あたいがいなくっても気づきもしないだろうよ。

そううそぶき、あてもなく森を彷徨《さまよ》った。
そのうち里に戻ればいいだろう、と考えて。
只人族《ヒューム》に出逢ったのはそんなときだ。

『君は……妖精かい？』

只人族はそう訊いてきた。
パティに向けられる目には、いつだって悪意や恐《おそ》れが満ちていた。
……それがどうだ？
この只人族の瞳《ひとみ》には、優しい光りが宿っているではないか。
それも、笑みまで浮かべて。
次いで只人族は、妖精に――パティに会えて嬉しいと言った。
この瞬間《しゅんかん》、パティは救われたのだ。
会ったばかりの只人族に、パティの心は救われたのだ。
『そ、そういうお前は只人族だろっ？』

そう返すのが、精一杯《せいいっぱい》だった。

『妖精さん、君の名前を教えてくれないかい？』

只人族に名を訊かれたパティは大いに慌《あわ》てた。

誰かに自分の名を呼んで欲《ほ》しかった。

一度も呼ばれたことのない名を、ずっとずっと誰かに呼んで欲しいと思っていた。

けれど、

『あ、あたいの名を知りたいのか？　しょ、しょうがないヤツだな。じゃあ……も、もっと狩《か》りが上手《うま》くなったら――お、お前が一人前ってやつになったら、そ、そのときに教えてやるよっ！』

そんなことを言ってしまった。

だって名前を教えてしまうと、それっきりになってしまうかもしれないからだ。

――これっきりになるぐらいなら、名を教えてとせがむアイツと……ずっと一緒《いっしょ》にいられたほうがいい。

――ずっと……誰かと一緒にいたかったんだ。……側に誰かがいて欲しかったんだ。

そんな想《おも》いを胸に秘《ひ》めたパティは、只人族の前で強がってしまったのだ。

しょっちゅう里を抜け出《だ》すパティと、狩りをしに森へやってくる只人族。

いつしか互いに『只人族』、『妖精さん』と呼び合い、温かな関係が続いた。

森で見つけた綺麗《きれい》な石を、只人族にあげたりもした。

綺麗な石を受け取った只人族は、数日後に首飾りを作ってパティへと贈《おく》った。

『見てよ妖精さん。君と僕《ぼく》でおそろいの首飾りを作ったんだ』

『ふーん。只人族のくせにやるじゃないか。じゃ、じゃあ、この首飾りをあたいとお前の……ゅ……ゆ、ゆーじょーの証《あか》しってやつにしようじゃないか』

『受け取ってくれてありがとう。頑張《がんば》って作った甲斐《かい》があったよ』

首飾りを着け、只人族と妖精さんは笑い合った。

只人族と妖精さんは友達になったのだ。


それからいくつも季節が巡《めぐ》り、ひょろ長かった只人族も少しは逞《たくま》しくなった。

狩りだって上手くなったのだ。

やがて、フォレストウルフをも狩ってみせた只人族は、意を決してこう言ってきた。

『妖精さん、そろそろ君の名前を教えてくれないか？』

一人前になったら教えてやる、そう言ったのはパティ自身だ。

パティは迷った。

名前を教えてしまったら、この温かな関係が終わってしまうような気がしたのだ。

『しょ、しょうがないなっ。約束だったもんな。つ、次会ったときに教えてやるよ』

だからそんなことを言ってしまった。

『次を楽しみにしてるよ。ああ、僕が先に名乗っておこうかな。僕の名前は……』

『い、いい！　いまはいいっ!!　次だ！　つ、次に会ったときに名前を教え合おうじゃないか。そ、それでいいよなっ？』

『……わかったよ』

只人族は嬉しそうに笑い、頷《うなず》いた。

出逢ったときと同じ、温かくて優しい笑《え》みだった。

そしてそれが、只人族と妖精さんが共に過ごした、最後の日となった。

第一八話　パティの境遇《きょうぐう》

カレンさんが帰ったあとも、パティは呆然としたままだった。

窓枠《まどわく》に座り、ぼーっと夜空を眺《なが》めていた。

「その、親分」

「……なんだ？」

「うまく言えないけどさ……残念だったね」

「……」

「パティちゃん、パティちゃんは、これからどうするの？　ようせいさんたちのおうちにかえるの？」

「……あたいに帰る場所なんてないよ。アイツの……アイツの隣《となり》だけがあたいの帰れる場所だったんだ。なのに……」

パティの頬《ほお》を涙が伝い落ちる。

「帰る場所がないって、妖精族《フェアリー》の里には帰らないってこと？」

俺の質問にパティが頷く。

「……いままで黙っていたけど、あたいは里から追い出されちまったんだよ」

「追い出されたって……なんで？」

パティの言葉に驚《おどろ》いた俺は、思わず聞き返してしまった。

「もう、いいか。……これを見てくれ」

パティがお腹《なか》に巻いていた包帯を外す。

包帯の下には、おへそを囲むようにして白い紋様が描《えが》かれていた。

「それは入《い》れ墨《ずみ》？」

「アイナはアザだとおもうな」

「どちらでもない。これは呪《のろい》さ」

「呪？」

「ああ。あたいはさ、呪を宿して生まれてきたんだよ。そしてこの呪のせいであたいは里を追放されたのさ」

パティが投げやりに言う。

もう全《すべ》てがどうでもいい、そんな顔をしていた。

「意味わかんないよ。説明してくれよ。なんでそんなもののせいでパティが里を追い出されなきゃいけなかったんだよ！」

「……なんでシロウが怒《おこ》ってるんだよ？」

「怒ってない！　や、俺はいま怒ってるのか？　とにかく、納得《なっとく》できない！　なんでその紋様があるだけで追い出されなきゃいけないのさ？」

自分の鼻がすぴすぴ鳴るのを感じる。

これは理不尽《りふじん》に対する怒《いか》りだ。

「アイナも！　アイナもなっとくできない！」

俺の真似《まね》をして、ふんすと鼻息を荒《あら》くするアイナちゃん。

「しかたないだろ。だって、そういう言い伝えなんだからさ……」

自嘲《じちょう》気味に笑ったあと、パティはぽつりぽつりと語りはじめた。

「あたいのお腹にあるこの紋様はさ、妖精族の間で『災いを呼び寄せる』と伝えられてきたんだ。酷《ひど》いよな。そんなのあたいに言われたってさ、どうしようもできないのに……」

パティのお腹にある紋様。

その紋様を持つものが生まれると、里に災いが降りかかると伝えられているらしい。

「この呪のせいでさ、あたいは里のみんなから嫌われてたんだよ」

生まれつき紋様があるというだけで、パティは里に居場所がなく、友だちもできなかったそうだ。

両親ですらパティを見限り、他人のように振る舞っていたらしい。

誰にも、両親にすら愛されない。

「生まれこなきゃよかったって、何度も思ったさ」

パティの話は続く。

「それでも、これまではなんとかやってこれたんだ。でも……里が――里の近くに飛甲蟲《ひこうちゅう》が巣をつくっちまってさ……」

妖精族が隠れ住《す》む里で、パティは蔑《さげす》みに耐《た》えながらもなんとか暮らしてきた。

しかし、先日俺が襲《おそ》われた飛行する巨大《きょだい》ザリガニ――飛甲蟲が現れるようになってすべてが狂《くる》ったらしい。

運が悪かったと言えば、それまでだ。

ジギィナの森には様々な種族が暮らしている。

天敵である飛甲蟲だってそのひとつだ。

妖精族の里の近くに巣を作った飛甲蟲。

飛甲蟲は、己《おのれ》より小さなな生き物はすべて『餌《えさ》』として認識《にんしき》するそうだ。

かくて飛甲蟲は、森と共に生きてきた妖精を捕食《ほしょく》対象として執拗《しつよう》に狙《ねら》うようになった。

パティは何度か飛甲蟲に戦いを挑《いど》んだ。けれど、あまりにも数が多すぎた。

妖精たちは儀式《ぎしき》を行うときにだけ使っていた洞窟《どうくつ》に閉じこもり、外へ出ることができなくなったそうだ。

妖精は空間収納《くうかんしゅうのう》のスキルを持つ者も多い。それでも、貯《た》めていた食料はどんどん減っていった。

このままではいずれ飢《う》えてしまうだろう。

そんな恐怖《きょうふ》はやり場のない怒りとなり、やがてパティへ向けられるようになった。

ただ、生まれつきお腹に紋様があるという理由だけで。

「そんなのただの言いがかりじゃないか！　飛甲蟲が巣を作ったのと、パティはなにも関係がないだろ！」

「ある。……あるんだよ。あたいにはこの呪がある。妖精族に伝わる災いの証しがな。だから……関係があるんだよ」

「パティちゃん……」

アイナちゃんの目にも涙が浮かぶ。

パティは何も悪くないのに、責任のすべてを背負わされてしまったからだ。

「あたいの名前、パティ・ファルルゥはさ、族長が名付けてくれたんだ。妖精の言葉で、『運命を切り開く者』。呪を刻まれて生まれてきたあたいを哀れんだ族長がさ、呪に負けないようにって、そう願いを込めて名前をつけてくれたんだ。なのに……笑えるだろ？」

パティのせいだと叫《さけ》ぶ同族。庇《かば》うものは誰もいない。

差別と批判はエスカレートし、パティの身に危険が及《およ》びそうになったタイミングで、族長がこう言ったそうだ。

——呪を持つパティを追放する。

誰も反対する者はいなかった。

そう。誰も。

パティ自身もこの追放を受け入れたのだ。

元から居場所などなかったと笑って。

妖精にとって夜の森は、昼間よりもずっと危険らしい。

森には夜行性のモンスターが多いし、魔力《まりょく》で生み出す妖精の羽は暗闇《くらやみ》のなかで目立つからだ。

それでも、パティは月夜の晩に里を出た。

昔から里を抜け出していたパティだからこそ、一人森を進むことができたのだ。

里を追い出されたパティは、森で会っていた只人族《ヒューム》――カレンさんの高祖父のことを思い出した。

そしてカレンさんの高祖父に会おうと森を飛んでいるときに……


「俺と出会った、ってことか」

「そういうことさ。川で溺《おぼ》れてる間抜《まぬ》けな只人族を助けて恩を着せれば、アイツを捜してくれると思ってね」

「間抜けは余計だい」

「ま、一番の間抜けはあたいだったたってオチさ」

パティはそう言うと、寂《さび》しそうに笑った。

「パティちゃん……ダメだよ。そんなのダメだよ」

「なんだアイナ、あたいのために泣いてくれるのかい？　優しんだね」

「ちがうよ……ちがうよ。アイナがやさしいんじゃなくて……ちがっ、ちがうよぉぉ……」

ぐしぐしと涙を流すアイナちゃんの頭を、パティが優しく撫《な》でる。

「ありがとなアイナ」

「んっく……ひぐっ、パティ……ゃん」

「泣くなよ。アイナが泣いてどうするのさ。そんなに泣かれたら……あたいだって泣きたくなっちまうだろ」

二人は身を寄せ合い、涙を流した。

一方で俺はというと、

「ふーむ」

腕《うで》を組み思考を巡らせていた。

「飛甲蟲。妖精の天敵ねぇ」

無数に解決策を思《おも》い浮かべては、いくつかを却下《きやつか》し、使えそうな何個かをピックアップ。

「なあパティ」

「……なんだ？」

「妖精族は里を移そうとは考えなかったのかな？」

「あたいが追放される前にそんな意見もあったみたいだよ。でもさ、里のみんなが住めるような場所は早々見つからないし、そもそも里を移す前に飛甲蟲か他のモンスターに襲われるだけだろうね」

妖精は果物や花の蜜《みつ》、早い話が食料の調達以外では里から出ないそうだ。

その食料の調達だって、里の近場でしか行わないらしい。

「じゃあもう一個質問。いまも里の近くに飛甲蟲がいるんだよね？」

「当たり前だろ。飛甲蟲は一度巣を作ると、どんどん増えていくんだ。あたり一面を食い尽《つ》くすまでね」

「なるほど」

俺は頷き、じゃあと続ける。

「なら最後の質問。パティは妖精族を助けたい？」

「あたりまえだろ」

「同族とは言え、自分を追い出した相手だよ？」

「関係ない。助けることができるなら助けたいさ！　そもそもあたいはそこまで落ちぶれちゃないぞっ」

「本気で言ってる？」

「本気だぞっ。族長には名前をもらった借りがあるからなっ。それに……里にはトト《父親》とカカ《母親》もいるんだ。トトもカカもあたいのことを嫌っていたけどさ、それでも……うん。あたいの親なんだ。愛してくれなかったけど、愛してほしかったけど、親なんだよ。……助けたいに決まってるだろ」

ノータイムで答えが返ってきた。

ずっと蔑まれていじめられてきたのに、パティは一切《いっさい》の躊躇《ちゅうちょ》なく「助けたい」と答えてみせたのだ。

俺はそんなパティを太陽のように眩《まぶ》しく感じた。

「ならさ——」

俺は続ける。

「里のみんなを助けてみますか！」

そんな俺の言葉に、パティはぽかんとした顔をする。

代わりに、アイナちゃんが「あ！」と声をあげた。

「シロウお兄ちゃん、ぼーけんしゃにやっつけてもらうの？」

「正解。冒険者《ぼうけんしゃ》はモンスター退治の専門家だからね。俺が依頼《いらい》を出してやっつけてもらうのさ」

「そんなことが……で、できるのか？」

「できる！」

断言する俺を見て、パティの瞳に希望の光が灯《とも》る。

「た、頼むシロウっ！　どうか里のみんなを助けてやってくれ！」

「任せろ！　ま、やっつけるのは冒険者たちだけどね。でもいまは――」

俺はばさりとジャケットを羽織り、続ける。

「冒険者ギルドへ行こう！」

第一九話　討伐依頼《とうばついらい》

飛甲蟲《ひこうちゅう》の討伐依頼を出すため、アイナちゃんと共に冒険者ギルドへ。

アイナちゃんが背負うカバンには、パティも隠《かく》れている。

ギルドの扉を開けると、冒険者たちの視線が集まった。でも俺だとわかると、視線はすぐに戻《もど》された。

ギルド内を見渡《みわた》す。奥《おく》のテーブルで蒼《あお》い閃光《せんこう》が地図を広げているのが見えた。近々また森に入るのかも知れないな。

そんなこと考えつつ受付へ。

「あらー、お兄ちゃんじゃないですかぁ」

すぐに受付嬢《うけつけじょう》のエミーユさんが声をかけてきた。

ボタンに手が伸《の》びかけて――

「あ、今日はアイナもいるんですね…………チッ」

後ろにいたアイナちゃんを見て、その手が止まる。

やたらとボタンを外したがるエミーユさんでも、子供の前ではＴＰＯをわきまえるのだ。

舌打ちはバッチリ聞こえていたけどね。

「どーもどーもエミーユさん」

「こんにちはですよぅ。今日はどうしたんですかぁ？」

「実はギルドに依頼を出したくて」

「依頼？　お兄さんがギルドに依頼を出すなんて珍《めずら》しいんですよぅ。お兄さんのことだから、ギルドに変なアイテムを売りつけておカネを巻き上げにきたと思ったんですよぅ」

「俺の印象最悪じゃないですか。それより手続きしてもらえますか？」

「もちろんですよぅ」

エミーユさんは棚《たな》から記入用紙を取り出し、受付カウンターに置く。

「どんな依頼か聞かせてくれますかぁ？」

「討伐依頼です」

「ふむふむ。討伐依頼ってですねぇ。言っておきますけど、討伐依頼は対象モンスターの脅《きよう》威《い》度によって支払《しはら》って貰《もら》う報酬額《ほうしゆうがく》が変わりますからね？」

「承知してます」

「あと個人的にエミィちゃんにチップを払《はら》ってもいいですからね？」

「それは拒否《きょひ》します」

「……チッ」

盛大に舌打ちしたあと、エミーユさんは羽ペンを握《にぎ》る。

「なら討伐対象を教えて欲しいんですよぅ」

俺はアイナちゃんと頷き合い、答える。

「討伐して欲しいのは森にいる飛甲蟲です。巣を作っているようなので、巣ごとやっつけてほしいんですよね」


――ざわわっ。


ギルドにいる冒険者たちの間に、動揺《どうよう》が走るのがわかった。

「飛甲蟲だとっ⁉　あの商人いま飛甲蟲と言ったか⁉」

「俺もそう聞いたぜ」

「飛甲蟲が出るなんて情報はなかったスよね？」

「いいえ。このあいだ『蒼い閃光』が飛甲蟲に遭遇《そうぐう》したそうよ」

「東の森には飛甲蟲がいるわけですか……。今後森に入るときは気をつけないといけませんね」

「解毒《げどく》ポーションはまだあったよな？　飛甲蟲がいるとなるとこれからもっと必要になるぞ」

「吐《は》き出す酸で装備を溶《と》かされないように気をつけないといけないわ」

「あと予備の武器の用意しないとだな。チッ、めんどくせー」

冒険者たちは飛甲蟲についてあれやこれやと話し合う。

それぞれの会話がひと段落したところで、ギルドがしーんと静まりかえった。

どうやら事の成り行きを静観するつもりのようだ。

「飛甲蟲の巣ですかぁ……。そーですか。そーきましたかぁ……」

動揺したのは冒険者たちだけではない。

エミーユさんも動揺していた。

飛甲蟲の名を聞きうーむと考え込む。

この反応を見るに、飛甲蟲は俺が考えているよりもずっとやっかいなモンスターのようだな。

「ええ、飛甲蟲です。難しいでしょうか？」

「単体ならぜんぜんなんですけどね。巣となると……正直、アタシじゃ判断できかねる案件ですねぇ。ちょっと待っててください。いまギルドマスターに確認《かくにん》してくるんですよぅ」

そう言い残すとエミーユさんは席を立ち、奥――ギルドマスターの部屋へと入っていくのだった。

◇◆◇◆◇

「申し訳ありませんシロウさん。飛甲蟲の討伐依頼はお受けすることができないのです」

そう言ったのは、ギルドマスターのネイさん。

「そんな……報酬《ほうしゅう》は納得いく額を出させていただきますよ？　それでもダメなんですか」

「報酬の問題ではありませんの。飛甲蟲を巣ごと一匹《いっぴき》残らず駆除《くじょ》するとなると、大規模な掃討《そうとう》作戦になりますわ。それこそ、ギルドに所属する冒険者の半数が必要になるほどの」

「冒険者の半分……か、かなりおカネがかかりそうですね」

「それはもちろん。ですが、問題は報酬よりも人員ですわ。実は……その大規模な掃討作戦を行うだけの余力が、わたくしのギルドにはないのです」

ネイさんの説明はこうだった。

妖精《ようせい》の祝福《しゅくふく》がニノリッチの町に支部を置いた理由は、古代魔法文明《こだいまほうぶんめい》時代の遺跡《いせき》を探すためだ。

遺跡を探し出すため、ここニノリッチ支部には王都や他支部の腕利《うでき》きが集められている。

ライヤーさんの言葉を借りるなら、『一流どころとベテランばかり』というやつだ。

そのため、早急《さっきゅう》に結果を出さなくてはならないのだけど……支部ができて二ヵ月が経《た》つというのに、未《いま》だ成果はゼロ。

ジギィナの森は広大。二ヵ月かけて埋《う》めたマップも、あの大森林にとってはほんの一部分に過ぎないからだ。

ひょっとしたら、まだ一〇パーセントにも満たないかもしれない。

それなのに本部からは「遺跡は見つかったか？」、「早く遺跡を見つけ出せ」とせっつかれているそうだ。

おそらくは多額の資金をこのニノリッチ支部に投入しているだろうから、投資側としては当然の反応だ。

理由は他にもあった。

飛甲蟲は厄介《やっかい》なモンスターではあるが、このモンスターの特徴《とくちょう》として、こちらから手を出さなければ戦闘《せんとう》になるようなことは滅多《めった》にないそうだ。

俺《おれ》が遭遇したのは例外中の例外。

戦わなくてもよい相手との戦闘を避《さ》ける。

それも当然の話だろう。

「例えば飛甲蟲がニノリッチの近くに巣を作り、住民や家畜《かちく》にまで危険が及ぶ可能性がある、というのなら迷うことなく依頼をお受けしますわ。ですが……そういった報告は受けておりません」

ネイさんはそこで一度区切り、俺の反応を窺《うかが》う。

「つまり、これはシロウさんの個人的な依頼ということですわよね？」

「その通りです」

「……飛甲蟲の素材が必要なのですか？　もしそうであるのなら、必要な分だけを狩ってきますわよ」

「いえ、俺が望むのは巣の駆除です」

「であれば、やはりお受けすることはできませんわ」

「そんな……そ、そこをなんとかお願いできませんか？　この通りです！」

ネイさんに頭を下げると、

「お姉ちゃんおねがい。ひこーちゅうをやっつけてください。おねがいしますっ。おねがいしますっ！」

アイナちゃんも俺に続いた。

それでも――

「頭を下げられても、お受けすることはできませんわ」

多くの冒険者たちが見守るなか、俺の依頼は断られてしまった。

「シロウさん、ギルドに商品を卸《おろ》してくださる貴方《あなた》にはとても感謝をしています。わたくしだって、個人的にはシロウさんの依頼をお受けしたい。けれど……わたくしはギルドマスター。そしてギルドマスターとして、どうしてもお受けすることができませんの」

「そうですか……」

さてどうするか。

まさか受けてもらえないとは思わなかった。

ネイさんが受けられないのは、管理職の立場からだろう。

遠巻きに見守る冒険者たち。その中にいたライヤーさんがなにか言おうとして――俺が視線で待ったをかける。

これは俺の戦いだ。冒険者であるライヤーさんを巻き込むわけにはいかない。

「……」

おそらく、俺が使えるカード《手札》は三枚。

その三枚のカードを使い、ネイさんを説得しなければならない。

「シロウさん、わたくしはこれで」

「待ってください！」

話を打ち切ろうとしたネイさんを呼び止める。

覚悟《かくご》は決まった。俺は一枚目のカードを切る。

「ではこうしましょう。依頼ではなく取引ならどうですか？」

「……取引？」

「ええ。取引です。飛甲蟲の討伐依頼を受けてもらえないのは、突《つ》き詰《つ》めると日数がかかるからですよね？　それだけ冒険者たちの拘束《こうそく》期間が長くなるからと」

「そうですわ」

俺は近くにあったテーブルに手を置くと、

「よっ」

空間収納《くうかんしゅうのう》のスキルでしまってみせた。

「「「っ⁉」」」

それを見た冒険者たちが一様に目を丸くする。

ネイさんの背後では、蒼い閃光の四人が「あっちゃー」みたいな顔をしていた。

「シロウさん、いまのはまさか……」

「ええ。空間収納のスキルです。そして俺が持ちかける取引はこうです。妖精の祝福が遺跡を発見したら、俺がこのスキルを使って冒険者のみなさんを支援《しえん》します。具体的には物資の搬入搬出《はんにゅうはんしゅつ》のお手伝いとなりますが、遺跡の攻略《こうりゃく》には日数がかかると聞きました。場合によってはひと月以上かかるとも。となると、必然的にその日数の分だけ物資が——より具体的には水や食料やポーションなどが必要になりますよね？」

冒険者たちの反応を見るに、間違《まちが》ったことを言ってはなさそうだ。

俺は続ける。

「そこで俺がこの空間収納スキルを使い現地まで——と言っても遺跡の入り口までですが——現地まで物資を運びます。復路では遺跡で発見された財宝などをギルドまで持ち帰っても構いません。どうでしょう？　これなら飛甲蟲討伐にかかる日数を取《と》り戻すことができませんか？」

「……」

ネイさんが考え込み、やがて首を横に振《ふ》る。

俺が空間収納スキルでしまい残した椅子《いす》にネイさんが手を置く。

ネイさんの手が椅子の背もたれを掴《つか》んだと思ったら、その椅子がふっと消えた。

「ごめんなさいシロウさん。わたくしは空間収納スキルを持っていませんが、代わりにこの――」

ネイさんが袖《そで》から幾何学的《きかがくてき》な紋様《もんよう》が描かれた革袋《かわぶくろ》を取り出す。

「空間収納の魔法が付与《ふよ》されたマジックアイテムを持っていますの。遺跡への搬入も搬出も、このマジックアイテムを使うつもりですわ」

俺が持っていたカードは、ネイさんも持っていた。

「これはわたくしの家に伝わる家宝のひとつ。このマジックアイテムでも荷馬車三台分の収納量がありますわ」

冒険者たちから「おお～」と感心する声が漏《も》れる。

それだけ凄《すご》い収納量なんだろう。

空間収納スキルのカードは意味がなかった。

残されたカードはあと二枚。さて、どっちを切るべきか。

そのときだった。

「なんじゃ坊主《ぼうず》、困りごとか?」

一人のドワーフが、ふらりとギルドに入ってきた。

「エルドスさん」

英雄《えいゆう》の登場だった。

第二〇話　ドワーフの誇《ほこ》り

「坊主、飛甲蟲《ひこうちゅう》の巣をどうこう言っておったようじゃの。お主の声は外にいるワシにまで聞こえたぞ」

「騒《さわ》がしくしてすみません。ですがどうしても巣ごと飛甲蟲を駆除して欲《ほ》しくて……」

「わかった。その依頼、ワシが受けよう」

「え？　ほ、本当ですか⁉」

「うむ」

この発言に驚いたのは、俺だけではなかった。

「エルドスさん、いくら貴方が最高位の冒険者でも勝手は許されませんわよ」

ネイさんだ。

「最終的な受注判断はギルドマスターであるわたくしにあります」

「お嬢《じょう》、ちくと黙《だま》っといてくれ」

「エルドスさん、貴方なにを……」

唖然《あぜん》とするネイさんを余所《よそ》に、エルドスさんが俺の背中を叩《たた》く。

「坊主、お主なにか忘れとりゃせんか？」

「俺が……忘れてる？」

「賭《か》けじゃよ、賭け。あのすぴりたすとかいう酒を飲む前にワシと賭けをしたじゃろう？ワシを酔《よ》わせることができればなんでも言うことを聞いてやるとな」

「あ、ああっ！　言ってましたね！」

普段《ふだん》賭け事《ごと》なんかしないから、すっかり忘れていたぞ。

そもそもあの場限りの冗談《じょうだん》のようなものだと思っていたし。

「なんじゃ忘れておったのか？」

エルドスさんが呆《あき》れたようにため息をつく。

「ワシはドワーフの誇りをかけてすぴりたすに挑み、そして敗れた。わかるか坊主？　あの夜、ワシは己の誇りを以《もっ》てお主に賭けを申し込んだのじゃ。そしてお主が勝った。あの夜の賭けは絶対じゃ」

そう言い、ふんと鼻を鳴らす。

「賭けの対価を払わずに過ごすのはのう、こう……もやもやするんじゃ。気持ちよく酒も飲めん。じゃからな坊主、」

エルドスさんが、じろりと俺を一瞥《いちべつ》する。

「さっさとワシに賭けの対価を払わせんか」

「エルドスさん……。本当に、本当にいいんですか？　さっきネイさんが大規模な掃討戦《そうとうせん》になるって――」

「フンッ。ワシをひよっこ共と同じに考えるなよ。飛甲蟲ごときの巣なんぞワシ一人で十分じゃ。むしろ釣《つ》りも出るというものよ」

英雄からの頼《たの》もしいお言葉。これは逃《のが》すわけにはいかない。

ぜひとも甘《あま》えさせていただこう。

「ありがとうございます！　ぜひお願いします！」

「あんちゃん、おれたち蒼《あお》い閃光《せんこう》も手伝わせてもらうぜ」

「ワシにまかせい」

「ライヤーさん……」

話を聞いていた蒼い閃光の四人が近づいてくる。

ずっと出てくるタイミングを窺っていたようだ。

「飛甲蟲は駆除するとなるとやっかいなモンスターですが、エルドス様が率いてくれるのなら、私たちだけでも対処できるでしょう」

「そういうこった。てなわけであんちゃん、おれたちも飛甲蟲の巣を潰《つぶ》しに行かせてもらうぜ。ああ、答えは聞いてないぞ。ダメって言われても行くからな?」

ロルフさんとライヤーさんが言葉を重ねる。

これに待ったをかけたのがネイさんだった。

「お待ちなさい！　ギルドを介《かい》さない依頼の受注は規約違反《いはん》ですわよ！　このギルドを預かるものとして見過ごすことはできません」

「お嬢、お主勘違《かんちが》いしとりゃせんか?」

「……勘違い?」

「そうだぜギルマスさんよ。エルドスのおっさんは賭けに負けたからで、おれたちはあんちゃんのダチだから行くだけだ。別に報酬を貰おうなんて考えちゃいないぜ」

「…………対価が無ければ依頼としても、仕事としても成立しない」

「そういうこった。だろ、エミィ?」

ライヤーさんがエミーユさんに確認。

エミーユさんは分厚い本をペラペラとめくり、なにかを確認。

「そうなんですよぅ。金銭または素材を報酬とする依頼はギルドを介さないとダメですけど、そうでない場合は規約に触《ふ》れないんですよぅ。ライヤーたちの言う通りなんですよぅ」

本から顔をあげたエミーユさんが規約を告げる。

「………報酬よりも大切なものがある。それは友情」

「シロウはボクたちの仲間にゃ。仲間が困ってたら助けるのはとーぜんのことにゃ」

「ネスカさん……キルファさん……」

嬉《うれ》しい言葉に、危《あや》うく涙《なみだ》が出そうになった。

「フンッ。ひよっこなんぞおらんでもワシ一人で十分じゃがな」

「エルドス様、そう言わずに。若輩者《じゃくはいもの》の私達をエルドス様の側で学ばせてください」

「ほう。神官だけあって殊勝《しゅしょう》な心がけじゃな。ならばワシと――」

エルドスさんは背中に吊《つ》り下《さ》げていた戦斧《せんぷ》を握り、ブオンと振るう。

「この『セカール』の活躍《かつやく》を目に焼き付けるがよいっ！」

……セカール？

どこかで聞いたことがある名前だな。とか思っていたら、

「不滅《ふめつ》の魔女《まじょ》より授《さず》かりしこの魔《ま》戦斧《せんぷ》セカールがあれば、飛甲蟲などあっという間に殲滅《せんめつ》してくれるわ！　じゃがお主らがついてくると言うのなら仕方がない。ひよっこ共には女王から魔石《ませき》をほじくり出す仕事を与《あた》えてやるわい。がっはっはっは！」

豪快《ごうかい》に笑うエルドスさん。

エルドスさんの口から出てきた、『不滅の魔女』と『セカール』。

こうも二つのパワーワードを並べられてしまっては、俺も黙っていられない。

「あの……エルドスさん」

「ん？　なんじゃ坊主」

「その斧《おの》なんですけど……」

「先に言うておくが売らんぞ」

「いや、そうではなくてですね。そうではなくて……その斧、ひょっとして頭に『沈黙《ちんもく》の』とかつきません？」

俺の言葉にエルドスさんの目が見開く。

質問の答えは、この反応で十分だった。

「やっぱりかー。ばーちゃん沈黙シリーズ大好きだったもんなー」

俺は天を仰《あお》ぐ。

上は天井《てんじょう》だったけど。

「このセカールには日に二度だけ、沈黙の魔法を使うことができる。魔神王《デーモンロード》や古代竜《エンシエントドラゴン》を倒《たお》せたのも、付与された魔法のおかげじゃ。じゃが……なぜ坊主がそのことを知っておる？」

「単純な話ですよ。その不滅の魔女なんですけどね、ここだけの話……俺のばーちゃんなんです」

「な、なんじゃとっ⁉　そ、それは本当かっ？」

「俺も最近知ったんですけど、どうやら本当みたいですよ」

「い、いいやっ。そういえばお主は商人じゃったな。商人はみな口からでまかせを言うもんじゃ。危うく騙《だま》されるところじゃったわい」

エルドスさんは丸太のような腕で額を拭《ぬぐ》い、俺を睨《にら》みつける。

「お主が本当にあの魔女の孫と言うのなら、証拠《しょうこ》を示せい！」

「証拠？」

「そうじゃな……ふむ。孫であるのなら、不滅の魔女の真なる名を知っておるよな？」

「真なる名？　あ、本名のことかな。有栖川《ありすがわ》・澪《みお》って言えばいいですか？」

俺の回答を聞き、エルドスさんが数歩後ずさる。

「っ⁉　ど……どうやら本当に孫のようじゃな。不滅の魔女の名を『アリス・ガワミオ』と勘違いしている者は多いが……真なる名、『アリスガワ・ミオ』を知る者は少ない。それこそ、ワシのように魔剣《まけん》を授けられた十六英雄だけじゃろうて」

エルドスさんが俺の顔をまじまじと見つめてくる。

「言われてみれば、お主の顔はあの魔女の面影《おもかげ》があるのう」

「そ、そうですか？」

「うむ。見れば見るほど似ておる。そういえば坊主の名を聞いてなかったな。坊主、お主名はなんと言う？」

「士郎《しろう》・尼田《あまた》です。ばーちゃんには士郎って呼ばれてました」

「シロウ、か。よいかシロウ？　ワシはお主の祖母上に授けられたセカールに何度も命を救われてきた。いつかその恩を返したいと思っておったのじゃ。不滅の魔女には返せぬが、代わりに孫であるお主に返すとしよう！　ゆくぞシロウ！　蟲共を踏《ふ》み潰しにな！」

「おっさん、一人で盛り上がってるとこ悪いけどよ、おれたち蒼い閃光も行くからな？」

エルドスさんが言い放ち、そして蒼い閃光も続く。

「みなさんありがとうございます。巣を駆除したら、店にあるお酒で乾杯《かんぱい》しましょうね！」

この発言がきっかけだった。

「オイオイオイ、あの美味《うま》い酒がまた飲めるっていうのかよ？」

「報酬はないが美味い酒が飲める。……アリだな」

「あのワインの味が忘れられないわぁ」

「オイラも参加しよっかな？」

「ならワタシもー」

冒険者たちが口々に呟《つぶや》きはじめる。なかにはヨダレを垂らしている人も。

慰労会《いろうかい》で振る舞《ま》ったお酒の味は、期待していた以上にしっかりと冒険者たちの胃袋《いぶくろ》と記《き》憶《おく》に刻まれていたようだ。

「……」

これはいいタイミングかもしれない。

俺は残る二枚のカードのうち、もう一枚を場に投げ込むことに。

「みなさんありがとうございます。……実はここだけの話なんですけどね、慰労会のあとお酒を整理していたら、たまたま、ホント偶然《ぐうぜん》、それはもう奇跡的《きせきてき》とも言えるんですけれど……」

俺はにやりと笑い、続ける。

「あの『妖精の蜂蜜酒《フェアリーミード》』も出てきたんですよね」

この言葉の効果はバツグンだった。

「マ、マジかよ!!　妖精《ようせい》の祝福《しゅくふく》があるってのかっ!?」

「で、でで、でで、伝説のお酒ッ!!」

「オイ！　最後に飲んだって記録はいつだった!?」

「さあな。少なくともお前が生まれるずっと前だろうよ！」

「商人さんよ、飛甲蟲の討伐に参加させてもらうぜ！」

「あ、ずるいッスよ！　ならオイラもついていくッス！」

「やれやれ、妖精の蜂蜜酒と聞いては動かぬ訳にはいきませんね。私も同行しましょう」

冒険者たちは大興奮。

それもこれも、この間の慰労会――俺が日本で買ったお酒を振る舞ったことが大きいだろう。

あの慰労会で様々なお酒を用意した俺だからこそ、妖精の祝福――妖精の蜂蜜酒の名を出しても疑う人がいないのだ。

とか思っていたら、

「いけませんわ！　貴方たちには遺跡を探すという使命がありますのよっ。それに――シ、シロウさんが本物の『妖精の祝福』を持っている証拠はありませんっ。ただの蜂蜜酒をそう言っているだけかもしれませんわ！」

ここにいた。

ネイさんが冒険者たちを押《お》しとどめようと声を上げる。

それもこれも、ギルドマスターの立場故《ゆえ》だろう。管理職は大変なのだ。

誰《だれ》も飲んだことがないお酒だからこそ、本物だと証明することが難しい。

ネイさんはそのことを指摘《してき》したのだ。

さーて、本物だとどう証明しますかね、と気を引《ひ》き締《し》めたタイミングでそれは起きた。

「シロウが持ってる蜂蜜酒は本物だぞっ‼」

突然《とつぜん》、アイナちゃんのカバンからパティが飛び出てきたじゃありませんか。

俺が用意した三枚のカードの、その最後の最後まで取っておいた切り札が、勝手に駆《か》け
引《ひ》きの場に飛び込んできたのだ。

「親分、なんで出てきちゃうかな?」

アイナちゃんのカバンから飛び出したパティが、俺の肩《かた》に降り立つ。

腰《こし》に手を当て、ネイさんを見据《みす》えた。

「妖精……」

誰かが呟く。

目をこする者。口をあんぐりと開ける者。仲間と顔を見合わせ指差す者。

冒険者たちの反応は様々だった。

「シロウが持ってる蜂蜜酒はあたいが作ったんだ！　だ、だから本物だぞっ。本物なんだ
からなっ」

「シロウさん、これはどういうことですの？　なぜ妖精がシロウさんに……」

パティを呆然《ぼうぜん》と見つめながら、ネイさんが訊《き》いてきた。

「ネイさん、紹介《しょうかい》します。こちら、」

俺は右手でパティを示し、続ける。

「今回の飛甲蟲討伐の『本当の』依頼主《いらいぬし》で、妖精族《フェアリー》のパティ親分です」

「本当の……依頼主？　どういう意味ですの」

ネイさんが訝《いぶか》しげな顔をする。

「簡単な話ですよ。東の森――ジギィナの森には妖精族が集落を作り暮らしています。そして妖精族が暮らしていた集落の近くに、飛甲蟲が巣を作ったんですよ。その結果、里に住む妖精たちは生存を脅《おびや》かされ、ここにいる妖精族の彼女《かのじょ》――パティ・ファルルゥさんが飛甲蟲の巣をなんとかしてくれと、俺に……いや、あなたたち『冒険者《ぼうけんしゃ》』を頼《たよ》ったんです」

ネイさんも、この場にいる冒険者たちも黙って俺の話を聞いている。

俺は人差し指をぴんと立てる。

「彼女の願いは、たった一つ。非常にシンプルなものです」

俺はそこで一度区切り、ネイさんを正面から見つめた。

「同胞《どうほう》を救いたい、それだけです。俺は……ただの商人です。モンスターをどうこうする力なんてこれっぽっちもありません。でも、みなさんなら――『妖精の祝福』に所属する冒険者のみなさんなら、彼女を――彼女の同胞たちを救うことができるんじゃないですか？　彼女のたった一つの願いを叶《かな》えることができるんじゃないんですかっ？」

俺はネイさんに頭を下げる。

隣《となり》でアイナちゃんも頭を下げるのが気配でわかった。

「ネイさん、どうか妖精族を救ってください！　この通りです！」

「おねがいします！　パティちゃんの家族をたすけてください！」

数秒の後、

「……そういうことでしたの」

ネイさんが呻《うめ》くように言った。

「ひ、飛甲蟲をやっつけてくれたら蜂蜜酒をつくってやるぞ！　お、お前たち全員にだっ！　だから頼む！　妖精を――あたいの家族を助けてくれっ！」

俺とアイナちゃんに続いて、パティも頭を下げた。

これで、持っていた手札は全部使った。

頭を下げたまま十数秒が経過し、返ってきたのは大きなため息。

「ふぅ……。ひどいですわシロウさん。それならそうと早く言ってください。これではわたくしが悪者みたいじゃないですか」

それと、柔《やわ》らかい声だった。

「シロウさんはご存じないのですか？　人命救助も冒険者ギルドに課せられた重要な役割ですのよ」

ネイさんが拗《す》ねたように言う。

「え……？　じゃあ――」

顔を上げた俺に、ネイさんが力強く頷《うなず》く。

「当ギルドに所属する冒険者全員に告げます！　ギルドマスター権限を行使しますわ！　青銅級《せいどうきゅう》以上の冒険者は装備を整え、飛甲蟲の殲滅に向かいますわよ！」

こうして、飛甲蟲の討伐の依頼《いらい》は受理されたのだった。

第二一話　討伐へ

それからの行動は早かった。

冒険者たちはその日の内に準備を終え、朝を待って出発。

パティの案内の下、冒険者たちが森を進む。

飛甲蟲《ひこうちゅう》の討伐には、ギルドに所属する冒険者の七割が参加することになった。

そしてその七割は、ライヤーさんの言うところの『一流どころとベテラン』ばかり。ネスカさん曰《いわ》く、明らかな過剰《かじょう》戦力とのことだった。

巣なんかあっと言う間になくなっちまうだろうぜ、とライヤーさん。

ぜひそうなってもらいたいものだ。

今回の討伐隊の指揮を執《と》るのは、意外なことにネイさんだった。

反応を見るに、みんなエルドスさんだと思っていたみたいだ。

ギルドマスターが討伐に参加するのは稀《まれ》なことらしく、ほかの冒険者たちも驚《おどろ》いていた。

便乗して「俺も同行します」と言ったら、もっと驚いていたけどね。

ネイさんもエルドスさんも、おまけに蒼《あお》い閃光《せんこう》の四人にまで「なんで来るの？」みたいな顔をされてしまった。

みんなの視線が集まるなか、俺は肩をすくめる。

「言い出しっぺですし、なにより……俺はこの妖精の子分なんです。だから俺も同行させてもらいますよ。ああ、危険なのは承知の上です。必要なら別個で護衛依頼を出してでも同行させてもらいますからね」

そんな感じのことを言い、なんとか同行を許された。そして森に入って三日目。

遂《つい》に目的地まで辿《たど》り着《つ》いた。

俺が流された川の先にある、大きな滝《たき》。

その近くに飛甲蟲の巣はあった。

「あ、あそこだ！　あそこが飛甲蟲の巣だぞっ」

パティが、ぴんと伸《の》ばした指先で標的を示す。俺を含《ふく》めた冒険者たちがその指先を追う。

その指先は、滝から四〇〇メートルほど進んだ岩山を指していた。

岩山の壁面《へきめん》にポッカリと空いた、大きな穴。そこにはワサワサとたくさんの飛甲蟲が出入りしていた。

「「「………」」」

巣穴を確認した全員が黙り込む。

「あそこに飛甲蟲がいるんだ！　他の妖精は近くの洞窟《どうくつ》に閉じこもってるんだけどな、見てわかるだろ？　あそこに巣があるせいでみんな外に出れないんだっ。食べ物も獲《と》りに行けなくて困ってるんだっ」

俺の肩に降り立ったパティが、悔《くや》しそうに顔を歪《ゆが》ませる。

冒険者たちはただただポカン。ついでに俺もポカン。

なぜなら――

「……ライヤーさん、」

「……なんだあんちゃん？」

「あれって……」

飛甲蟲の巣を指差し、続ける。

「もしかしなくても遺跡じゃないですか？」

「あんちゃんにもそう見えるってことは、おれの見間違《みまちが》いじゃなさそうだな」

そうなのだ。

飛甲蟲の巣がある岩山。そこには人工的に削《けず》られた跡《あと》があり、なんなら岩肌《いわはだ》には神様らしき姿が彫《ほ》られた壁像《へきぞう》まである。

巣穴となった穴も両サイドには立派な門構えがあり、ただの洞窟ではないことをこれでもかと強気に主張していた。

「も、もともとあそこには変な洞窟があったんだ。ずーーーっと昔にどっかの種族が作った『ケンゾーブツ』だって族長は言ってたな。ケンゾーブツは森のあちこちにあるんだけどさ、よりによって里に一番近いケンゾーブツを飛甲蟲のヤツらが巣にしやがったんだっ」

さらっと遺跡が複数あることを告げるパティ。しかし冒険者の視線は遺跡に釘付《くぎづ》け。

パティの説明を、果たして何人の冒険者が聞いていたことやら。

◇◆◇◆◇

巣穴となった遺跡の入口は、高さ三メートル、横は二メートルぐらい。

入口ではたくさんの飛甲蟲が出入りしていた。サイズこそ違《ちが》うが、まるで巣から出てくるアリやハチのようだった。

ここから巣穴までは、五〇メートルほど。

巣から一〇メートル以内に入ると襲《おそ》い掛《か》かってくるそうだ。

すでに何匹《なんびき》かの飛甲蟲はこちらに顔を向けていて、警戒《けいかい》しているようにも見える。

「シロウさんもパティさんも、ここで待っててくださいね」

ネイさんが念を押すようにして言ってくる。

すでに冒険者たちは戦闘《せんとう》の準備を終えていて、あとはネイさんの号令を待つだけ。

「わかってます。親分と一緒《いっしょ》に待ってますよ。ね、親分？」

「あ、ああっ」

巣が近いからか、パティは緊張《きんちょう》していた。

それを見てキルファさんが笑う。

「にゃっはっは。ボクたちがシロウたちを護《まも》るから大丈夫《だいじょうぶ》だにゃ」

「頼《たの》みましたよ、蒼い閃光のみなさん」

「任せときな。あんちゃんを護るのには慣れっこなんだ」

「そーそー。ボクたちに任せるにゃ」

キルファさんが胸を叩く。

ネイさんは頷き、踵《きびす》を返す。

「それでは飛甲蟲の討伐《とうばつ》を開始しますわ。みなさん――」

ネイさんが左右の腰に差された二振《ふたふ》り剣《けん》を抜《ぬ》き、片方の切っ先を巣穴へと向ける。

「突撃《とつげき》開始ですわ！　遺跡《いせき》に巣食う飛甲蟲を殲滅しますわよ!!」

こうして飛甲蟲の討伐作戦がはじまり、数時間後には丸ごと駆除《くじょ》されたのだった。

第二二話　族長

ジギィナの森に、冒険者たちの勝鬨《かちどき》が響《ひび》き渡《わた》っていた。

「「「うおおおぉぉぉぉぉぉぉぉぉおおおおっ!!」」」

冒険者たちが拳《こぶし》を天に突き上《あ》げる。

地面には、飛甲蟲《ひこうちゅう》の死骸《しがい》でいくつも山が築かれていた。

「うげぇ。あれ数百匹《すうひゃっぴき》じゃききませんよね？」

「数千匹はいたみたいだな。でも死者も出さずに全滅《ぜんめつ》させるなんてよ、マジで妖精《ようせい》の祝福《しゅくふく》はバケモノ揃《ぞろ》いだな。おれたちももっと強くならなきゃな」

「蒼《あお》い閃光《せんこう》のみんならまだまだ強くなれますよ。俺《おれ》から見ても伸びしろしかありませんしね」

「腕利《うでき》きの商人様に認められるなんざ、嬉しい限りだねぇ」

「あはは、だから腕利きなんかじゃないですって」

巣の駆除を見届け、呑気《のんき》に会話をはじめる俺とライヤーさん。

そんな俺の頬《ほお》を、パティがぺしぺしと叩いてきた。

「どうしたの親分?」

「……なあシロウ。お、終わったのか?」

じっと事の成り行きを見守っていたパティの声は、不安と期待が入り混じっていた。

俺は安心させるため、笑顔《えがお》で頷く。

「ああ。終わったよ」

「そうか……終わったんだな」

パティが大きく息を吐《は》いた。

心底安堵《あんど》したと言わんばかりの、すっきりとした顔をしていた。

「よかったね親分。これでもう他の妖精たちが襲われることはないよ」

「……あ、ああ。そうだな」

「他の妖精たちに教えなくていいの? 飛甲蟲をやっつけたぞーって。『これが飛甲蟲共の女王の首じゃー!!』って、女王の頭を掲《かか》げて会いに行ってみたら? 他の妖精たちは、飛甲蟲のせいで洞窟の外に出れなかったんでしょ?」

「そ、それは……」

パティが言葉に詰《つ》まる。

本当は報告しに行きたいんだろう。いつもの調子でえっへんとしながら。

けれどパティは里から追放された身。

討伐を終えた報告とはいえ、里に戻《もど》っていいのか悩《なや》んでいるようだった。

「やっぱりあたいは――」

「……パティか？」

不意に、誰かがパティの名を呼んだ。

俺とパティは同時に振《ふ》り返《かえ》る。少し遅《おく》れて蒼い閃光の四人も。

「やはりパティか。これは何事だ？」

そこには、老齢《ろうれい》の妖精《ようせい》がいた。

「ぞ、族長……」

パティが息を呑《の》む。

族長ということは、この老妖精がパティを追放した張本人というわけですか。

やってきたのは、族長だけではなかった。

「うわっ⁉　妖精がめっちゃいる！」

「すげぇ光景だなこりゃ」

「…………妖精がこんなにたくさん」

「驚きましたね」

「みんなちっちゃくてかわいーんだにゃ」

木々の陰《かげ》から、こちらを覗《のぞ》き見《み》る妖精たちがいた。それもかなりの人数が。

この場に集まった妖精たちは、冒険者の勝鬨を聞いたのだろう。

洞窟に避難《ひなん》して閉じこもっていた妖精たち。

これからどうしたものかと絶望する最中《さなか》、外から何者かの雄叫《おたけ》びが聞こえくる。

外の様子を知るため隠《かく》れていた洞窟から出てみれば、飛甲蟲の巣があった場所には冒険者が出入りしているときた。

そりゃ驚くよねー。

木に隠れる妖精たちは、顔だけ出してこちらをチラチラと。

なかには飛甲蟲がいないとわかり、隠れるのをやめた妖精もいた。

たくさんの妖精たちが見守る中、族長がパティに話しかける。

「パティ、追放したお前がどうして只人族《ヒューム》なんぞと一緒にいるのだ？　いや、それよりもなぜ飛甲蟲の巣に只人族の群れが……」

族長は山と積まれた飛甲蟲の死骸と、巣《遺跡》に出入りする冒険者たちを交互《こうご》に見ては警戒した眼差《まなざ》しを向ける。

「パティ、説明せよ」

「……ぞ、族長には関係ないだろっ！」

説明を求められたパティが、拒絶《きょぜつ》するように言い放つ。

さっとお腹《なか》の紋様《もんよう》を隠したのは、無意識の行動だろう。

「あ、あたいは里から追放されたんだっ。族長、もうアンタに従う理由なんて、ないっ！」

「パティ……」

一瞬《いっしゅん》、族長の目に哀《かな》しみの色が浮《う》かんだ。

「み、見えるだろっ？　飛甲蟲はみんな死んだぞっ。ポコポコ手下を産む女王も死んだ！　これで妖精の里はいままで通りだ！　もう洞窟に閉じこもらなくてもいい！　よ、よかったじゃないかっ」

強い言葉を放ちながらも、パティの目には涙が溜《た》まっていく。

俺は「ふうふう」と荒《あら》い息をつくパティを、手で包むようにして撫《な》でる。

落ち着かせるためだ。

パティはくしゃりと顔を歪めると、族長から隠れるように俺の手にすがりついた。

「族長さん、パティさんの代わりに説明させてください」

「……只人族のお前が？」

「ええ。俺の名は士郎《しろう》・尼田《あまた》。俺の肩にいる、」

視線でパティを示し、続ける。

「パティ・ファルルゥさんの頼みを聞き入れて、俺たちは飛甲蟲を駆除しにきました」

「……パティの頼みとな？」

「ええそうです。パティさんの頼みです」

ここは「パティの頼み」という部分を全力で強調させてもらう。

「……どういうことだ？」

「言葉通りの意味ですよ」

俺は肩をすくめる。

「里の近くに巣を作った飛甲蟲に、里のみんなが困っているから助けてくれ、と頼まれたんです」

「なんだと⁉　パティがか？　それは本当かっ？」

驚く族長。ざわつき出す妖精たち。

里では忌《い》み嫌《きら》われ、追放までされた者が自分たちを救いに戻ってきたんだ。

驚くなと言うほうが難しいだろう。

「本当ですよ。ね、親分?」

話を振られたパティは、散々迷ったあと観念したように頷いた。

「あ、ああ。あたいがこの只人族に——シロウにお願いしたんだ」

「……」

族長が言葉を失う。

「そこの只人族」

「俺ですか?」

「うむ。お前のことだ。只人族のお前がなぜ……パティの頼みを?」

「簡単ですよ。俺はパティさんに命を救われました。その恩返しというわけじゃありませんが、こうして仲間と協力して飛甲蟲の巣を駆除しに来たわけです。もっとも、パティさんが頼まなかったら俺たちがここまで来ることはありませんでしたけどね」

俺の言葉を訊いた族長が黙《だま》り込む。

しばし沈黙が続き、やがて、

「……そうか。私たちはパティに救われたのか」

絞《しぼ》り出《だ》すようにそう言った。

俺は頷く。

「結果的にはそういうことになりますね。飛甲蟲を駆除できたのは、パティさんが俺たちに頼《たの》んだからです」

「厄災《やくさい》を招くと伝えられてきた呪《のろい》を持つ者に……救われることになるとはな。なんとも皮肉な話ではないか」

自嘲《じちょう》気味に笑う族長。

そのときだった。

「…………呪？」

静かに事の成り行きを見守っていたネスカさんが、会話に入ってきた。

知識欲の強いネスカさんのことだ。

おそらくは『呪』というワードに興味を持ったのだろう。

「…………シロウ、『呪』とはなに？」

ネスカさんが呪について訊《たず》ねてきた。

答えたのは、紋様の持ち主であるパティだった。

「これのことだよ。あたいのお腹にあるコレが……『呪』ってやつさ。妖精族の間じゃ、災《わざわ》いを呼ぶ印と伝えられてるんだよ……」

パティがお腹の紋様を指さす。

「…………妖精族は、『紋章《もんしょう》』のことを呪と呼んでいるの？」

紋様を見たネスカさんが首を傾《かし》げる。

「ネスカさんはこの紋様のことを知ってるんですか？」

「…………知っている。パティの腹部に浮かぶ――」

ネスカさんが、パティの紋様を指でなぞる。

くすぐったかったのか、パティはぷるぷると悶《もだ》えていた。

「この紋様は、魔術師《まじゅつし》ギルドでは『紋章』と呼ばれている。…………強い魔力《まりょく》を持って生まれてきた者にのみ現れる、選ばれた者の証《あか》し」

ネスカさんの説明を要約すると、ざっとこんな感じだった。

強い魔力を持って生まれ来た者に現れる印――紋章。

この紋章がある者は、魔力が強すぎるが故にコントロールできず、魔《ま》法《ほう》を暴発させる者が後を絶たなかったそうだ。

それが原因で不幸な人生を歩んだ者も多いとか。

しかし、それはひと昔前の話。

確かに強すぎる魔力は扱《あつか》いが難しいが、基《き》礎《そ》からじっくりと魔法を学べばコントロールできないものでもないそうだ。

そして絶大な魔力をコントロールできた者は、高位の魔法使《まほうつか》い――魔道士《まどうし》と呼ばれ、凄《すご》い魔法をバンバン使えるようになるらしい。

いまでは紋章持ちはどこの国でも重宝され、金貨を積み上げ宮廷《きゅうてい》に招くのが当たり前なんだとか。

そういえばパティは、魔力のコントロールが下手くそなだけで、威力《いりょく》自体は凄かったもんな。

「……………未《いま》だに未開の辺境や、一部の部族では紋章に対しての誤解や偏見《へんけん》が多い。紋章は忌避《きひ》されるものではない。むしろ逆。言うなれば神からの贈物《ギフト》。優秀《ゆうしゅう》な者である証」

これを聞いて族長はビックリ。他の妖精たちも驚いていた。

妖精族が持ち続けていた価値観が、ぶっ壊《こわ》れる瞬間《しゅんかん》だった。

「……そうか。伝承は誤りだったのか。私たちは……間違《まちが》っていたのだな」

取り返しのつかないことをしてしまったと、うなだれる族長。

ことの深刻さに打《う》ち震《ふる》えているような顔だ。

「…………わたしは魔術学院《まじゅつがくいん》で基礎から魔法を習っていた。パティが望むなら教えることもやぶさかではない」

「ネスカ……」

驚いた顔をするパティに、ネスカさんが微笑《びしょう》で応じる。

「………紋章持ちのパティが自分の意思で魔力を操《あやつ》れるようになれば、きっとあなたたち妖精族の力になることだろう」

ネスカさんの説明を聞いた族長がため息をつき、次いでパティに頭を下げた。

「パティ、いままで苦しい想《おも》いをさせてすまなかった。そして私たちの里を救ってくれてありがとう。族長として——そしてお前の祖父として謝罪と感謝を」

「っ……」

パティは瞳《ひとみ》をぱちくりと。

目の前で頭を下げる族長に、理解が追いついていない様子。

というか、族長ってばパティのお祖父《じい》さんだったのね。

「パティ……本当にすまなかった」

「や、やめてくれじーじ！　そ、それにあたいが追放されなかったらシロウと出逢《であ》うこともなかったしっ、こ、こうして里のみんなを助けることもできなかったろっ？」

わたわたと焦《あせ》りながらパティは言葉を続ける。

「だ、だからよかったんだよ！　これでよかったんだっ。全部正しかったんだよ！　じー

じも、里のみんなも。な、なにも――誰も間違ってなんかなかったんだ！」

――誰も間違ってない。


パティはそう断言してみせた。

その顔に浮かぶ表情は、太陽のような眩《まぶ》しさだった。

「族長として伏《ふ》して頼む。パティ、里に戻ってきてはくれないか？」

こうしてパティの追放は解かれたのだった。

第二三話　パティ・ファルルゥ

「パティちゃん……お家にかえっちゃうの？」

「じーじ――ぞ、族長が帰ってこいって言ってるからな」

飛甲蟲《ひこうちゅう》の討伐を終え、俺とパティは蒼《あお》い閃光《せんこう》と共にニノリッチに戻ってきた。

追放を解かれたパティも一緒だったのは、アイナちゃんに別れを告げるためだった。

「……アイナもようせいさんのお家にいく。パティちゃんといっしょにいる」

「いけませんよアイナ。パティさんが困っているじゃないの」

「やだ！　アイナ、パティちゃんといっしょがいいっ!!」

涙《なみだ》を流し駄々《だだ》をこねるアイナちゃんに、ステラさんも手を焼いているようだった。

パティが里に帰ると言い出したのは、昨晩のこと。

ずいぶん急だったけれど、見送るためステラさんの他に、蒼い閃光も俺の店にやってきていた。

一人ひとり別れの言葉を言っていき、アイナちゃんの番になった。

なかなか言葉が出てこないアイナちゃん。言葉よりも先に涙が出てきてしまった。

あとはご覧の通り。

アイナちゃんは、パティと離《はな》れたくないと、一緒にいたいと泣きはじめたのだ。

「親分、本当に帰っちゃうの？」

俺は困り顔のパティに小声で問いかける。

「……あ、ああ。お前ら只人族《ヒューム》は命が短いからな。すぐ死んじゃうようなヤツらと一緒にいたって、またあたいだけおいていかれちまうだろ？」

茶化《ちゃか》した感じに言っているけれど、その瞳には寂《さび》しさが宿っている。

パティのただ一人の友人、カレンさんの高祖父を失った悲しみは癒《い》えることのない傷となって残っているのだろう。

「そ、それにあたいはさ、アイツを捜《さが》すためにこのマチにやってきただけだしなっ」

パティは強がると、涙を流すアイナちゃんを寂しそうに見つめた。

「そっか」

「そうだ」

「じゃあ、行っちゃうんだね」

「シロウには世話になったな」

「気にしなくていいよ。それは俺もだしね。お互《たが》い様《さま》ってやつだよ」

「そ、そっか」

「そうだよ」

パティの決意は固い。

「あたいがいると、アイナが泣《な》き止《や》まないよな。しょーがない。そろそろ行くことに――」

パティがそう言いかけたときだった。


――ガチャ。


ノックもなく店の扉《とびら》が開いた。

現れたのは――

「よ、良かった。ま、まだいた……か」

カレンさんだった。

全力疾走《しっそう》してきたのか、ぜーはーぜーはーと呼吸が荒い。

「か、カレンさん？　どうしたんです急に」

そう訊くと、カレンさんは片手をあげた。

ちょっと待ってのポーズだ。

深呼吸して呼吸を整えるのに、一分はかかった。

「……コホン。待たせたな。パティのためにせめて高祖父の名前だけでもと思い、曽祖父《そうそふ》の遺品を整理していたのだが……こんなものが出てきたのだ」

カレンさんがそう言って差し出したのは、一通の手紙だった。

「それはなんですか？」

「曽祖父の遺言《ゆいごん》によると、この手紙は高祖父が残したものらしい。宛名《あてな》には、ただ『大切な友だちへ』とだけ書かれている」

「それって……」

俺はパティを見た。

カレンさんの話を聞き、パティも手紙が気になっているみたいだ。

アイナちゃんも顔をあげ、手紙とパティを交互に見ていた。

「アイツが――アイツが残したものなのかっ？」

「そうだ」

カレンさんが頷く。

「この手紙の封《ふう》は破られていない。家族に宛《あ》てたものではないからな。おそらくこの手紙はわたしの高祖父が友人宛《あて》に――つまり、君宛に書いたものである可能性が高い。どうだろうパティ、開けてもいいだろうか？」

「あ、開けてくれ！」

「わかった」

みんなが見守る中、カレンさんは手紙の封を破るのだった。

僕《ぼく》の大切な友人へ

やあ、久しぶりだね。

君と再会を約束したあの日から、ずいぶんと時が経《た》ってしまったよ。

あれからいくつもの季節が過ぎ去っていき、最近ではペンすら重いと感じるようになってしまった。


君に細い細いとよくからかわれていた僕の腕《うで》は、もっともっと細くなってしまったんだ。

いまの僕を君が見たら、またあの時のようにからかってくれるだろうか?

それとも優《やさ》しい君のことだ。

あの頃《ころ》からずいぶんと縮んでしまった僕を見て、心配するだろうか。


……からかってくれると嬉《うれ》しいなぁ。

走ることはおろか、もう歩くことさえ難しくなってしまったけれど、あの時のように君とふざけ合い、また森を駆《か》け回《まわ》りたいよ。

僕が作った首飾《くびかざ》りを、君はまだ持っているだろうか？

そう。君が僕にくれた綺麗《きれい》な石で、僕が作り君に贈《おく》った首飾りのことだよ。

君はあの首飾りを、僕との友情の証《あかし》だと言っていたね。


正直に白状すると、僕はこの首飾りを息子《むすこ》に譲《ゆず》ろうかとも考えたんだ。

けれど、直前で思《おも》い留《とど》まったんだ。

この首飾りは、君と僕との友情の証。息子とはいえ、譲って良いものではないと考えたんだ。

息子には申し訳ないけれど、いま書いているこの手紙と一緒に保管しておいてもらうつもりだ。


——いつか、君に届くまでずっと。


……この手紙は君に届くだろうか？

ずっとずっと先の未来で、君がこの手紙を読んでくれる日がくるだろうか？

届くといいなぁ。
きっと届くよね？
うん。僕たちは親友だから、絶対に届くよ。

実はね、偶然《ぐうぜん》知り合ったエルフから妖精族《フェアリー》はとても長生きだと聞いたんだ。
僕たち只人族《ヒューム》よりも、ずっとずっと長生きだとね。

君は変わりないだろうか。
いまも元気でいるだろうか。
あの時と変わらず太陽のように眩しい笑みを浮かべているだろうか。
君が笑っているといいなぁ。

ずっと黙っていたけれどね、僕は君の笑顔が大好きだったんだ。
君が僕に笑顔を向けてくれるだけで、不思議と僕も笑うことができたんだ。
体はヘトヘトで、とてもお腹が空いていたはずなのにね。

開拓民《かいたくみん》として辺境に連れてこられた僕たちは、その日の食べるものにすら困っていた。

一緒に連れてこられた者たちは次々と死んでいき、僕もいずれそうなるのだと覚悟《かくご》していたんだ。

でも、あの日食べ物を求めて森に入り、そして君と出逢った。

君は弓を上手《うま》く使えない僕を笑い飛ばし、情けない僕に代わって角ウサギを獲ってきてくれたね。

あのとき食べた角ウサギの味は、いまもはっきりと思い出すことができるよ。

だから僕はね、あのときの味と感動を忘れないために、角ウサギの串焼《くしや》きを村の――おっと、そういえば最近は『町』と呼ぶんだった。

角ウサギの串焼きを、僕が作り育てたニノリッチの町の名物にすることにしたんだ。

いつか君がニノリッチに来ることがあったら、ぜひとも食べてほしい。

食べ物にうるさい君のことだ。

絶対に『おいしくないぞっ！』と文句を言うに決まってる。

……君と別れたあの日から、いろいろとあったんだ。

田畑を耕し、いくつも家を建てた。
愛する妻と出逢い、子を授《さず》かり、たくさんの孫にも恵《めぐ》まれた。
満足のいく人生だったと思う。

けれどね、ここのところなぜか君のことばかり思い出すんだ。
森で出逢った君。
太陽のように眩しい妖精の君。
『運命を切り開く者』と名付けられた美しき妖精——パティ・ファルルゥ。

…………驚《おどろ》いた？
僕が君の名前を知っていて驚いたかい？
驚いたのなら僕の勝ちだ。

君とはよく勝負をして、僕は負けっぱなしだったけれど、最後の最後で僕が勝たせてもらったよ。


……ああ、理由がまだだったね。

さっき話したエルフに、妖精族の言葉を教えてもらったんだ。

妖精の言葉で『運命』がパティ。『切り開く』がファルルゥ。

どうだい、当たってるだろ？

妖精の言葉を教えてくれたエルフが太鼓判《たいこばん》を押してくれたから、絶対に当たっているはずだ。


パティ・ファルルゥ。


素敵《すてき》な名前だね。

この手紙を書きながら、僕はずっと君の名前を――パティの名前を口にしているよ。


パティ。

僕の大切な友人。
僕の運命を切り開き、幸せを運んできてくれた誰《だれ》よりも優しい人。
おっと、僕の名前をまだ教えていなかったね。
僕の名前はエレン。
エレン・サンカレカだ。

よろしくね、パティ・ファルルゥ。

そして、僕と出逢ってくれてありがとう。

君の友人、エレン・サンカレカより

最終話　運命を切り開く者

「そして、僕と出逢ってくれてありがとう。君の友人、エレン・サンカレカより……。手紙に書かれているのは以上だ」

　手紙を読み終えたカレンさんの声が震えている。

　カレンさんだけではない、蒼《あお》い閃光《せんこう》の四人も、アイナちゃんもステラさんも、そして俺も目に涙を浮かべていた。

「……どうやらわたしの高祖父は、君にずっと助けられていたようだな」

　パティは泣いていた。

　ずっと、ずっとずっと捜していた『アイツ』からの言葉を聞き、パティは涙を流し続けていた。

「……そうか。アイツはエレンて名前だったんだな。……へ、へへへ。あたいの名前も知ってたなんて……や、やるじゃないかエレン……くふぅ」

　パティが俺の肩《かた》で崩《くず》れ落《お》ちる。

「あたいはさ、アイツが――エレンがたった一人の友だちで、エレンのヤツもあたいがたった一人の友だちだったんだ。でも……でも……」

パティが顔をあげる。

涙でぐしゃぐしゃになりながらも、嬉しそうに微笑《ほほえ》む。

「エレンは、大切な誰かに出逢えたんだなぁ。子供とか……ま、孫とかにさ、いっぱいいっぱい囲まれてさぁ……」

「……うん」

「そ、それで……し、幸せだったんだなぁ。よかったな。よかったなぁ……エレン。ほん……に、よかったなぁ」

パティは、大切な友だちの幸せを喜んでいた。

寂しくないはずがない。

悲しくないはずがない。

それでも、

「エレン……エレン。よかったなぁ……」

幸せな人生を送った友だちを祝福し続けていた。

「親分、」

「……なんだ？」

「俺《おれ》たち只人族《ヒューム》の命は短いかもしれない。でもさ、友情に――想いに時間なんか関係ないよ。エレンさんはずっと親分の胸に、心に残り続けている。いまも、そしてこれからも。そうだろ？」

「あっ、たり……え……だろ」

しゃくり上げながらもパティが頷《うなず》く。

「ならさ、親分の思い出の隅《すみ》っこでいいから、アイナちゃんや俺も残してくれよ」

「っ……。シロウとアイナを？」

「そ。俺とアイナちゃんもね。これを見てよ」

「……？」

俺はポケットから一枚の写真を取り出す。

写真には、パティとアイナちゃんと俺が写っていた。

前に店の二階で撮《と》ったものだ。

三人とも、思い切り笑顔《えがお》でダブルピースしていた。

「どう？　誰がどう見ても友だちにしか見えないでしょう」

「……」

俺はパティの目尻《めじり》に浮かんだ涙を、指先でそっと拭《ぬぐ》う。

「俺と親分は、親分と子分の関係だけどさ、アイナちゃんと親分は違《ちが》う。どっからどー見たって友だちだ。なんならマブダチでもいい」

「……」

「親分はさ、エレンさんしか友だちがいないって言っていたけれど、そんなことはないよ。そりゃ前まではそうだったかもしれない。でもいまは違う。だってさ、」

俺はこの場にいる全員の顔を見回す。

アイナちゃん。ステラさん。ライヤーさん。ネスカさん。キルファさん。ロルフさん。そしてカレンさん。

「ここにいるみんな、もう親分の友だちだろ。ね、アイナちゃん」

「そ、そうだよっ。アイナはパティちゃんの友だちだもん！　ま、まぶだち？　だもんっ！」

ふんすふんすとアイナちゃん。

パティが瞳を潤《うる》ませる。

「なんて顔してんだよ。あんちゃんの言う通りだぜ妖精《ようせい》さんよ。おれたちゃもうダチだろうが」

ライヤーさんがそう言い、

「妖精と仲良くなれるにゃんて、ボクたち幸運なんだにゃ！」

「こちらの妖精殿《どの》は運命を切り開いてくれるそうですからね。叶《かな》うことならば共に歩んでいきたいものです」

これにキルファさんとロルフさんが続き、

「そうですよパティさん。アイナを泣かしたらメッ、なんですからね」

ステラさんが優しく微笑む。

みんながなにを言いたいのか、パティにはわかっているはずだ。

「…………パティ、あなたの気持ちもわかる」

「な、なにをだっ」

真剣《しんけん》な顔をしたネスカさんが、すぅと息を吸い込む。

「…………妖精族は長命種。それはつまり、交友のある他種族を見送り続けることになる」

「……」

「…………半分だけとはいえ、わたしにもエルフの血が流れている。只人族に比べれば、ずっと長く生きることになる」

ライヤーさんが息を呑《の》むのがわかった。

「…………でも、それでもわたしはライヤーを愛することを恐《おそ》れたりしない。共に過ごせる時間を大切にし、隣《とな》りにいる一秒一秒を心に刻む。………わたしは恐れない。いつかライヤーを傍《かたわ》らで見送ることになっても、ずっと愛し続ける。それがわたしの覚悟」

ネスカさんはライヤーさんの手を取り、ぎゅっと握《にぎ》った。

ライヤーさんもぎゅっと握り返していた。

「………パティ、あなたはどうするの？　時の流れを恐れ、傷つかないですむ世界に閉じこもる？　それとも瞬《まばた》きのような一瞬《いっしゅん》を大切な人と共に過ごす？」

パティがエレンさんの残した手紙を一瞥《いちべつ》する。

目を閉じ、再び開けたとき、瞳に力強い光が灯《とも》っていた。

「あたいはビビってなんかないぞっ！　里にだって『まだ』戻《もど》らない！」

俺の頭に移動して、えっへんと背を反らす。

わざわざ俺の頭に移動したのは、ネスカさんを見下ろすためだと思う。

俺の親分は負《ま》けず嫌《ぎら》いなのだ。

「……いいの親分？」

「じーじ――ぞ、族長には戻るって言ったけどな、『いつ』戻るなんて言ってないからっ。それに妖精とお前たちでは時間の流れが違うんだ。里にはシロウの墓を作ってから帰ることにするよ」

「俺を殺さないで」

「そ、それに――」

パティがネスカさんに顔を向ける。

「そこのネスカには、魔力の操り方を教えてもらう約束だったからな！　あたいがすっごい魔法を使えるようになれば、さ、里のヤツらも助かるだろうしな！　うん、里に戻るのはもうちょっとあとにするよ！」

「じゃあパティちゃん……ここにいてくれる？　まだお家にかえらない？」

パティがアイナちゃんの肩に移動し、その髪《かみ》を優しく撫《な》でた。

「ああ。泣き虫なアイナもほっとけないからな。もうちょっとだけいてやるよ。その……し、シロウが死ぬまではな！」

「だから俺を殺さないで」

アイナちゃんの顔に笑顔が花咲《はなさ》いた。

「パティちゃん!!」

「うわっ、きゅ、急に抱きつくなよなっ」

その光景を見てほっこりした大人チームは、肩を叩《たた》いて笑い合うのだった。

エピローグ

あっという間に二ヵ月がたった。

今日はニノリッチの収穫祭《しゅうかくさい》。

市場には露店《ろてん》が、広場には屋台が立ち並び、道は観光客で溢《あふ》れかえっていた。

これほど活気のあるニノリッチを見るのは、はじめてのことだった。

どうやらアイナちゃんもはじめてだったらしく、朝からきょろきょろとうきうきとわくわくとそわそわと、忙《いそが》しそうだった。

太陽は沈《しず》んだばかり。時刻は夕方と夜の境目。

街灯のないニノリッチは夜になると真っ暗になる。

けれど今夜は違った。

いたるところでランタンが灯り、夜のニノリッチを優しく照らす。

こうなると大人も子供も関係ない。

みんな演奏に身を委《ゆだ》ね踊《おど》り出《だ》し、肩を組み声を揃《そろ》えて歌っていた。

そんな特別な夜に、俺はというと……

「今夜の商品も残すところあと僅《わず》かとなってまいりました。次はこちらになります！……そうです。彼《か》の英雄《えいゆう》をも倒《たお》してのけた、最強の名を冠《かん》するお酒、スピリタス──またの名を、『英雄殺し《えいゆうごろし》』ですっ!!」

会場からは歓声《かんせい》が上がり、指笛の音が響《ひび》き渡《わた》る。

あの日、俺はカレンさんに「収穫祭を手伝う」と約束した。

そして俺が取った手段は──

「ではこちらの『英雄殺し』、銀貨一枚からはじめたいと思います！」

「銀貨三枚！」

「こっちは五枚だ！」

「銀貨一〇枚出すぞ！」

「一三枚っ」

「じゅ、一五枚!!」

次々に手を上げ、銀貨の枚数をつり上げる観客兼《けん》、競売参加者《お客》たち。

そうなのだ。収穫祭を盛り上げるべく、ぶち上げた目玉企画《きかく》。

それこそが、いま開催《かいさい》している『お酒の競売《オークション》』だった。

町の広場に特設ステージを作り、酒好きの冒険者《ぼうけんしゃ》（お金持ち）や、お忍《しの》びでやって来た貴族（お金持ち）、俺の店の噂《うわさ》を聞きつけてやって来た商人（お金持ち）たちを相手に、都内で購入《こうにゅう》したお酒を競売にかける。

結論から言ってしまうと、とんでもない売れ行きだった。

あっち《日本》で買ってきたお酒はどれもバカみたいな値段で飛ぶように売れ、どんどん銀貨と金貨が積み上がっていく。

冒険者たちの慰労会《いろうかい》で使った三〇〇万円を回収するどころか、なんならあと五回ぐらいやってあげようか？　と言えちゃうぐらいお酒が売れていた。

早い話が、俺は大儲《おおもう》けしていたのだ。

「……楽しい時間はすぐに終わってしまうものです。それでは本日最後の商品になります。……君は、あのお酒を知っているか？　伝説と呼ばれるお酒を知っているか？」

俺のマイクパフォーマンスに、会場から「おおっ」とざわめきが起こりはじめる。

「妖精の祝福を受けし者のみが享受《きょうじゅ》できる、幻《まぼろし》の蜂蜜酒《はちみつしゅ》を知っているかっ？　そうです！フェアリーミードの登場です!!」

ステージにぷしゅーっとスモークが焚《た》かれ、舞台袖《ぶたいそで》からカレンさんがお酒の瓶《びん》を抱《かか》えるようにして現れた。

「いま伝説がニノリッチに降り立った！　美しい町長が掲《かか》げるこれこそがっ、ニノリッチと縁《えん》のある妖精より授かりしフェアリーミードでございます!!」

「「「おおおおお～～～～～っ!!」」」

カレンさんがフェアリーミードの入った瓶を掲げ持つ。

瓶のラベルにはダブルピースしたパティの写真が貼《は》られ、「あたいが真心込めて作りました」と書かれている。

「こちら、瓶のラベルにはフェアリーミードの醸造家《じょうぞうか》であるパティ・ファルルゥさんの姿が描《えが》かれております。せっかくなので、ご本人にもステージに来て貰《もら》いましょう！　みなさん、名醸造家であるパティさんを拍手《はくしゅ》でお迎《むか》えください！」

拍手が鳴《な》り響き、空から妖精が舞《ま》い降《お》りる。

ステージに現れた妖精は、優雅《ゆうが》に一礼してみせた。

「ご紹介《しょうかい》しましょう！　名醸造家でニノリッチ観光大使をも務める、パティ・ファルルゥさんです！」

「よ、よろしくなっ」

万雷《ばんらい》の拍手が降り注ぐなか、顔を真っ赤にしたパティが挨拶《あいさつ》をする。

銀色の髪。褐色《かっしょく》の肌《はだ》。光《ひか》り輝《かがや》く羽。お腹《なか》の紋章。そして……エレンさんとの友情の証《あか》しの首飾り。

ありのままの姿で、パティは照れながら挨拶をしていた。

「では最後の競売をはじめさせていただきます!!」

「「おおおおぉぉぉぉぉぉ～～～～～～っっっ!!」」

「伝説の銘酒《めいしゅ》、フェアリーミードは金貨一枚からのスタートです!!」

「金貨三枚！」

「六枚！」

「九枚!!」

「なら金貨一二枚でどうだ!!」

「一七枚!!」

途方《とほう》もない額になっていくフェアリーミード。

このフェアリーミードの売上げは、すべてニノリッチに寄付されることになっている。

これはパティが言い出したことで、大切な友人であるエレンさんが作った町をパティなりに想《おも》い、考えた末に出した答えだった。

おカネの文化がないパティはいいとしても、寄付される側の町長――カレンさんはたまったものではない。

見たこともない金額につり上がり、美人な顔を青くしていた。

「出ました！　金貨三〇枚です！　他にはいらっしゃいませんか？　あ、そちら金貨三四枚ですか。え、金貨五〇枚？」

競売は、盛況《せいきょう》のうちに幕を閉じた。


「いやー、大盛況《だいせいきょう》でしたね」

お祭りの夜はまだまだ続く。

肩にパティを乗せ、騒《さわ》がしい町をカレンさんと並んで歩く。

気持ちが落ち着いてきたのか、カレンさんの顔色もやっと良くなってきた。

「くふふ。カレンもあんな顔するんだな」

「あ、あんな金額を渡されたのだ。わたしだって冷静でいられなくなるさ」

「あはは、でもニノリッチの財政が思い切り潤《うるお》ってよかったですね」

「そう、だな。これもすべて君のおかげだよ。シロウ、ありがとう」

「やだなー、俺はただ場を作っただけです。それにフェアリーミードを作ったのは親分ですからね」

「わかっているさ。パティ、君にも礼を言わないとだな」

カレンさんがパティに感謝を伝える。

パティは照れながら、

「き、気にするなよっ」

と言っていた。

「カレンはアイツの――エレンの子供の子供の子供の子供なんだぞっ。だから気にしなくていいんだっ。ぜ、ぜんぜん気にしなくていいんだからなっ」

「親分惜《お》しい。エレンさんの子供の子供の子供の子供がカレンさんだよ」

「う、うるさいなっ！　細かいこと言うのはネスカだけで十分なんだいっ」

俺に向かって、いーっとするパティ。

ニノリッチに残ると言ったあの日から、パティはずいぶんと明るくなったな。

そんなことをしみじみ考えていたら、

「あ！　あたいシロウとカレンに言わなきゃいけないことがあったんだ！」

「俺に？」

「わたしに？」

俺とカレンさんが同時に首を傾《かし》げる。

「そうだ。シロウとカレンにだ。いいかお前たち、」

パティは真剣な顔をして、とんでもないことを口にした。

「子供つくらないのか？」

「「………………」」

俺とカレンさんは同時にフリーズ。

数秒の後、なんとか再起動に成功する。

「……は、は、はぁーーーーっ!?　ちょ、親分急になに言い出すのさっ」

「あたいは本気だぞ！」

「ま、待てパティ。わたしとシロウはだな、そういうかんけ――」

「なんだよっ。子供つくらないのか？　ステラが言ってたぞ。只人族《ヒューム》は……う、うまれかわり？　ってのがあるんだろ。カレンが子供を産めばさ、その子供がエレンの『うまれかわり』かもしれないだろっ？」

そう言い、パティはえっへんとした。

本気だ。パティは本気の目をしている。

「っ……。親分、簡単に言うけどさ、只人族はね……その、子供を作る前に超《こ》えなくてはいけない儀式《ぎしき》がいくつもあってさ、」

「そ、そうだ。シロウの言う通りだ。聞いてくれパティ。こ、子供というのは、愛し合う男女が幾多《いくた》の苦難の末に辿《たど》り着《つ》くものであって――」

「うんうん。わかる親分？　簡単に子供って言うけどさ、いろいろと責任とかさ――」

俺とカレンさんは、必死になって説得を試みる。

なのに、

「うるさーーーーーーーーーい！」

パティはきーっと絶叫《ぜっきょう》してしまった。

「なにさ、カレンもシロウも子供つくってくれないのかっ？　親分の命令だぞ！」

「とんでもないパワハラ案件きたなこれ」

さてどうパティに説明したものか。

とか思っていたら、

「あ、シロウお兄ちゃん！」

広場の向こうから、アイナちゃんが声をかけてきた。

最高のタイミング。

いまの俺にはアイナちゃんが救いの女神《めがみ》に見えた。

「アイナちゃん！」

この機を逃《のが》すかとばかりに、俺はアイナちゃんに駆け寄《よ》った。

「シロウお兄ちゃん、きょーばい《競売》はおわったの？」

「うん。こっちは終わったよ。カメラ屋さんの方はどう？」

背後の屋台を確認《かくにん》すると、ステラさんが笑顔で手を振《ふ》っていた。

「いっぱいお客さんきたよ。もうね、ぷりんたーのざいりょうがなくなっちゃったの」

「アイナちゃんたちも大盛況だったみたいだね。お疲《つか》れ様《さま》でした」

「えへへ」

「ステラさんもお疲れ様です！」

「いいえ。頑張《がんば》ったのはアイナですから」

この二ヵ月間、アイナちゃんはカメラの練習を続けていた。

気づけば俺よりもカメラマンとしての腕が上がっていて、ある日こんなことを言ってきたのだ。

『シロウお兄ちゃん、アイナ、おかーさんとカメラ屋さんやっていい？』

写真は大切な思い出を切り取り、ずっと残すことができる。

だからアイナちゃんは、カメラを使いみんなにも思い出を残してほしいと願ったのだ。

俺は最初、カメラを使って商売をしようと考えていた。

でもアイナちゃんに言われ、考えを改めたのだ。

写真一枚で、銅貨一枚。

子供のお小遣《こづか》いでも買える『思い出』は、収穫祭で大人気だった。

広場の端《はし》っこに屋台を立て、撮影《さつえい》する。

長い行列ができて、アイナちゃんもステラさんも大忙《おおいそが》しだったそうだ。

「シロウさん、少しいいですか?」

アイナちゃんの頭を撫でている俺に、ステラさんが声をかけてきた。

「なんでしょう」

「ぷりんたーの材料はなくなってしまいましたが、まだカメラは使えます。だから――」

ステラさんは、アイナちゃん、パティ、カレンさんと順番に視線を移し、再び俺に戻す。

「みなさんで写真を撮りませんか?」

お祭りの夜を、思い出に。

ステラさんの提案に、みんな飛びついた。

「じゃー、撮りますよーっ!」

三脚《さんきゃく》の付いたカメラをみんなに向ける。

背面モニターに四人が収まっていることを確認。

「あ、カレンさんもうちょい右に――あ、俺から見て右なんで、カレンさん的には左です……あ、そこです。その位置をキープしてください」

「シロウお兄ちゃん、はやくはやくっ」

「早く来いシロウ！」

「シロウ、君は真ん中だぞ」

「シロウさん、ピースですからね、ピース」

あとはタイマーをセットして――


「おや、そこにいるのは士郎《しろう》じゃないかい？」


不意に、誰かに名を呼ばれた。

後ろを振り返《かえ》る。

黒いローブに身を包んだきれいな女性が、俺のことをじっと見つめていた。

「えっと……どなたでしたっけ？」

見覚えがないからそう言うと、女性はがっかりしたようにため息をつく。

「なんだい、私がわからないのかい？」

「……すみません。ちょっと思い出せませんね。よければお名前を教えてもらえません

か？」

返ってきた言葉は、超がつくほど衝撃的《しょうげきてき》なものだった。

「お前のばあちゃんだよ」

あとがき

『いつでも自宅に帰れる俺は、異世界で行商人をはじめました』2巻を読んでいただき、ありがとうございました。

著者の霜月緋色です。

第1巻が発売された日は、緊急事態宣言の真っ只中という厳しい状況下でしたか、ありがたいことに緊急事態宣言中にも関わらず、とても多くのご声援をいただき、順調な滑り出しとなりました。

これも本作『異世界行商人』を応援してくださった皆さんのおかげです！

この2巻は初登場のパティを中心に、1巻で出てきた仲間たちとの絆がより深まっていく物語でした。楽しんでいただけたのなら幸いです。

　さてさて、1巻のあとがきでも告知しましたが、マンガ版『異世界行商人』の連載が先月からはじまりました！（パチパチパチパチパチッ!!）

　連載しているのは、ホビージャパン様が運営している『コミックファイア』というコミックサイトになります。

　明地雫先生による美麗な異世界行商人のマンガを、是非とも読んでみてください。士郎はかっこよく、アイナは可愛く、そしてなによりダブルピースしたばーちゃんはここでしか見ることができませんよ！

　では謝辞を。

　イラストレーターのいわさきたかし先生、今回も素晴らしいイラストをありがとうございました。いただいたパティのキャラクターデザインは、現在ノートパソコンの背景になっております。

　漫画家の明地雫先生、第一話最高でした！

　一読者として続きを楽しみにしていますね！

　担当編集様、HJ文庫編集部と関係者の方々、今回も色々とありがとうございました。

支えてくれている大切な家族と友人たちとワンコたち。創作に語り合う作家仲間たち。
ここまで読んでくださった皆さんに一番の感謝を！
ありがとうございました。

最後に、今回も本の印税の一部を、支援を必要としている国内の子どもたちのために使わせていただきます。
貧困支援や学習サポートをすることによって、子どもたちはあたり前のことがあたり前になる人生を手にすることができます。

この『異世界行商人』を買ってくれたあなたも、子どもたちに『あたり前』をプレゼントした一人ですよ。
子どもたちが大人になったとき、ライトノベルのファンになってくれると嬉しいですね。

では、またお会いしましょう。

霜月緋色

Anytime I can!
いつでも自宅に帰れる俺は、異世界で行商人《ぎょうしょうにん》をはじめました
霜月緋色 著
Hiiro Shimotsuki
ill. いわさきたかし
1～2巻 好評発売中！
3巻 今冬発売予定！

「小説家になろう」
四半期
第1位
異世界転生・転移
ファンタジー部門
（2019年8月19日時点）
コミカライズも
大好評連載中!!
漫画：明地雫
原作：霜月緋色
キャラクター原案：いわさきたかし

コミカライズも連載中の
スナイパー英雄譚！
漫画：瀬菜モナコ
原作：かたなかじ
キャラクター原案：赤井てら
著／かたなかじ
イラスト／赤井てら
発売予定!!

魔眼と弾丸を使って異世界をぶち抜く
第9巻 2020年秋

著／保利亮太
イラスト／bob
ウォルテニア半島に居を据えた御子柴亮真の躍進は続く――。
2020年秋　発売予定！

コミック版も好評連載中！
漫画：八木ゆかり
原作：保利亮太
キャラクター原案：bob
コミックス
①～⑥巻発売中!!
コミックファイア公式サイト
http://hobbyjapan.co.jp/comic/
ウォルテニア戦記XVII

HJ NOVELS
HJN47-02

いつでも自宅に帰れる俺は、異世界で行商人をはじめました 2

2020年8月22日　初版発行

著者――霜月緋色

発行者―松下大介
発行所―株式会社ホビージャパン
〒151-0053
東京都渋谷区代々木2-15-8
電話　03(5304)7604（編集）
03(5304)9112（営業）
印刷所――大日本印刷株式会社
装丁――ansyyqdesign／株式会社エストール

ISBN978-4-7986-2273-6　C0076